JN057531

野良竜を拾ったら、女神として覚醒しそうになりました（涙

ライル
宮廷魔道師長。
魔術の腕は非常に
優れているが、
少し変わり者。
ギルバート
王立騎士団
騎馬騎士隊の隊長。
爽やかな好青年で、
部下から信頼されている。
リル
氷竜の雛。
フロルのことが
大好き。
フロル
宿屋で働く、ごく普通の少女。
七歳のときからおよそ十年間、
なぜか身長が止まっている。
おおらかな性格で、
動物によく好かれる。

バルジール
王宮の大神殿の
大神官。
グエイド
治癒魔術を扱う
白魔道師。ライルを
尊敬している。
ドレイク
竜騎士団の団長。
騎竜の天才だが
不器用な性格。
ミリアム
フロルが暮らす
王国の王太子。
珍しい魔獣
集めが趣味。
マリアンヌ
子爵令嬢で、元下級侍女。
女神の生まれ変わりとして
取り立てられた。
登場人物紹介

プロローグ

厳しく暗い冬が終わりを告げ、色とりどりの花が美しく咲き乱れる、春の日の午後。

太陽の光が木々の間から差し込み、あちこちにあたたかな陽だまりを作っている。

とある地方の、小さな神殿に続く階段の上。

そこに、まだ生まれたばかりのほんの小さな赤ん坊が、たったひとりで置き去りにされていた。

その子は柔らかそうな布でそっと巻かれ、すやすやと気持ちよさそうに眠っている。

長い睫毛（まつげ）に、整った顔立ち。柔らかでまん丸な頬には赤みがさし、見るからに元気そうだ。

そんな赤子を取り囲むように、どこからともなく、くすくすと微（かす）かな笑い声が辺（あた）りに響く。

すると形を持たない者たちが金や紫など様々な色の光を纏（まと）いながら、どこからともなく現れ、地上にふんわりと降り立った。

それらは、人々から大精霊（だいせいれい）と呼ばれる存在。

女神の僕（しもべ）であり、森羅万象（しんらばんしょう）を司（つかさど）る彼らは、今日のこの日を長い間ずっと待ち望んでいた。この子が生を受け、地上に現れる特別な日だったからだ。

まず最初に、光の精霊が囁（ささや）くように歌う。

「この子に、我らの加護を授けると約束しましょう。希望の光が、常にこの子を護りますように」

今度は風の精霊が、祝福を授ける。

「では、私はこの子に、贈り物を授けましょう。全ての風が、この子の僕になりますように」

「では私も、この子に祝福を与えましょう。全ての生きとし生ける植物たちが、この子に豊穣を与えますように」

森の精霊はさわさわと木の葉を揺らして誕生を祝った。その横では、水の精霊が赤子の傍へ舞い降りる。

「世界に満ちる全ての水が、この子の命に従いますように……」

次に、大地の精霊がのんびりとした調子で口を開いた。

「私は、全ての大地の祝福をこの子に与えましょう」

精霊たちは祝福という名の贈り物を、つぎつぎに赤子へ授けていく。

「時が満ちるまで、この子に守護を授けましょう」

時を司る精霊は赤子の横に降り立ち、柔らかな頬にそっと口づけを落とす。

「一番大切な、平凡という名の幸せを貴女に授けましょう。ありきたりの、けれども、かけがえのない貴重な普通の生活を」

クスクスと笑いながら、精霊たちは赤子の周りをぐるぐると回る。

すると、それらの姿が次第に透けていった。肉体を持たない精霊たちがこの世に現れるには大変な労力を伴うため、長時間その身をとどめられないのだ。

赤子をここにひとりで置いていくのはとても名残惜しいが、もう行かなくてはならない。

そう思い、精霊たちは寂しげに微笑む。

「ふぁあ……」

赤子は、何かの気配を感じたのだろうか。長い昼寝から目覚めて、元気な泣き声を上げ始めた。

「あら、いけない。誰か来るわ……」

「さあ、もう行かなくては」

「元気でね。私の……可愛い……フローリア……貴女が目覚めるまでの間、私たちの祝福が薄れないようにしておきましょうね」

精霊たちはひとりずつ、後ろ髪を引かれるように赤子の頬をそっと撫でると、つぎつぎに飛び立ち、空に溶けるように消えていく。

たったひとり、地上に残された小さなフローリアは、小さな手を握り締めて大きな声で泣いていた。

◇

「あら、まあ。この子、どこの子かしら？」

神殿で働く巫女が泣き声を聞きつけて神殿の正面玄関に出てきて、階段に置かれた赤子を捉えた。

「……可哀想に。まだこんなに小さいのに、置き去りにされたのね……」

巫女は赤子をそっと抱き上げ、保護者がいないか辺りを見回す。しかし、神殿の周りには人の影一つ見当たらず、この子は棄てられたのだと納得する。

親には、子供を棄てなければならない事情があったのだろうと察した。神殿に棄てられる子は珍しくなく、その中には、何日もまともに食べ物を与えられない者もいるのだ。この子も、同様に酷い目にあったのかもしれない。

巫女が心配そうに赤子の顔をのぞき込むと、ふっくらとした頬には赤みがさしている。見るからに健康そうだったので、ほっと胸を撫で下ろした。

「……それにしても、整った顔をしているのね。この子」

長い睫毛に、小さくてちょこっとした鼻、さわやかな緑の瞳。

巫女が指を差し出すと、赤子は泣きやんで、もみじのような小さな手でぎゅっとそれを掴む。そして彼女をじっと見つめてから、小さな顔に花がふんわりと咲くような笑みを浮かべる。

なんて可愛いのだろう。巫女の胸が甘く疼く。

この子に素敵な里親を見つけてあげなくては。この子を我が子のように思い、大切に愛おしんで育ててくれる若い夫婦を。

早春の若草を思わせる緑色の瞳をした子は、巫女に大切に抱かれ、神殿の中へ連れていかれた。

第一章　竜を拾ってしまった

「フロル、お願い。ブール草を採ってきてくれない？」

「わかった。洗濯物を干したら、行ってくるよ」

フロルは庭先で洗濯物を干しながら、母親に大きな声で返事をする。そして、籠の中に残っていた最後の一枚のシーツを、勢いよく物干し竿へかけた。

ありふれた、いつもの午後の光景だ。

フロルの両親は、とある街道沿いの庶民的な宿屋――ダーマ亭を営んでいる。

実は、フロルはこの家の本当の子供ではない。

ずっと昔、どこかの神殿の前に棄てられていたのを拾われたのだった。そして、神殿の巫女は彼女をこの国の女神様と同じ名――フローリアと名付けた。一目見た時に、これ以上ふさわしい名前はないと思ったそうだ。今はフロルという愛称で呼ばれている。

そして、縁あってこのダーマ亭の養女となった。この家に引き取られた後に、両親に新しく男の子が生まれたので、今では弟を加えた四人家族である。

弟のウィルは生まれてから一度も喋ったことがない。そもそも声を出すことができないのだ。

医学的には、ウィルの治療は不可能ではない。こんな片田舎のやぶ医者ではなく、王都にいるような腕のいい医者に診(み)せ適切な治療を施(ほどこ)せば、きちんと話せるようになるのだという。

ただ、治療費が高額すぎる。

その額、銀八十枚。

村人の平均収入は、月に銀一枚にも満たない。途方もない金額を前に、フロルはがっくりと膝(ひざ)をつくしかなかった。

せちがらいが、世の中は金だ。

それが全てではないけれど、悔しいことに、田舎の宿屋がそんな大金を捻出(ねんしゅつ)することは不可能だ。

（ウィルのためになんとかしてやりたいけど……）

フロルが悩みながら顔を上げると、家の窓ガラスに自分の顔が映り込む。

そこには、小さな女の子の姿があった。緑色の瞳に、淡い金の髪、あどけない顔立ち……

フロルはあと数ヶ月で十七歳の誕生日を迎えるというのに、身長はいまだに百二十センチのままだ。ちなみに、本当の誕生日がわからないので、一応、神殿で拾われた日が誕生日ということになっている。

七歳の誕生日を迎えてから、どういうわけかフロルの成長はぴたりと止まってしまったのだ。その後、何年経っても、成長する兆(きざ)しは一向に現れなかった。

平民なりにできる範囲ではあったが、両親は心配して、フロルを連れてあちこちの医者を巡り歩いた。けれど医者たちは、首を傾げるばかり。結局、その原因がわかる者は誰ひとりいなかった。

学校では、だんだん大人になっていく同級生の中で、子供のままちっとも成長しない自分だけが悪目立ちする。いつしか周囲とは馴染めなくなっていった。やがてフロルは仲間からはじき出され、背後でコソコソと意地悪な陰口を叩かれるようになった。

そのせいで、もう何年も前にフロルは学校に行くのをやめてしまった。

宿屋に閉じこもるフロルを、『学なんかあったって何にもなりゃしない。お前はこの宿屋を継げばいいいさ』と、両親はあたたかく受け入れてくれた。

ふと昔のことを思い出して、フロルは悔しくてきゅっと唇を固く結ぶ。そして、ひとつ小さな溜め息をついてから、頭をぶんぶんと横に振った。

ここにいれば、宿屋を手伝ってさえいれば、惨めな自分の姿を人前にさらさなくていい。宿屋で働いてさえいれば、人から陰口を言われ、嘲笑され、いじめられることもない。

お客さんのシーツを洗濯し、馬屋にいるお客さんの馬を世話する。それだけの代わり映えしない毎日だったが、自分なりに充実した日々を過ごしていた。

馬の世話はほとんどフロルがひとりでしているが、ダーマ亭に泊まると馬たちの調子がすこぶるよくなると、客からの評価は高い。その秘訣は、フロルが森の中から取ってくるブール草にあった。ブール草は、馬の体にとてもいいのだ。ダーマ亭に泊まる馬たちにそれを与えているおかげか、街道沿いの宿屋の中でも、ダーマ亭は破格の勢いで繁盛している。

「よし、これで終了っと」

この地方は乾燥した気候なので、洗濯物がすぐに乾くのがいいところだ。フロルは洗濯物を干し終えて、ブール草を入れるための籠を取りに馬屋へ向かう。

馬屋の扉を開けると、そこに漆黒の大きな軍用の馬がいるのを見つけた。

馬は見るからに筋骨隆々で、期待に満ちた眼差しでフロルをじぃっと見つめている。

「エスペランサ！　来てたの⁉」

フロルが笑うと、馬も嬉しそうに鼻を鳴らし、掻くように前足を地面に打ちつける。それがこの馬なりの喜びの表現であることを、フロルはよく知っていた。

エスペランサは、この街道を頻繁に通る騎士が所有する馬だ。

ダーマ亭は広大な森を貫く一本道の途中の、旅人が王都へ向かう際に必ず通らなければならない場所にある。そのため、王宮勤めの騎士が訪れることも少なくないのだ。

この馬の主人はいつもこの宿屋に一泊して、翌朝早くに出立する。その人の顔を見たことはないが、この馬は何度もお世話しているので、すっかりお馴染みさんになっていた。

「母さんがブール草を採ってきてって言ったのは、お前にあげるためだったんだね？」

フロルが籠を抱えながら言うと、馬は落ち着かない様子で嬉しそうにフロルにすり寄ってきた。

ぎゅっと馬の首に掴まり、エスペランサの逞しく張りのある胸筋を撫でてやる。

うう、この、もふもふ……たまらないー。

宿屋に泊まっている中では、この馬が一番のお気に入りなのだ。

エスペランサからは、よく干した草のようないい匂いがする。騎士たちが保有する馬は清潔だから、フロルも遠慮なく馬とのスキンシップを楽しむことができる。

もっふもっふの感触をフロルが堪能している間、エスペランサもまた、フロルの頬にスリスリと顔を寄せ、久々の再会を喜んでいる。

「じゃあ、ブール草を採ってくるね？　いい子にしてるんだよ？」

わかりました！　と言わんばかりの仕草で、ひひんと嘶くエスペランサ。その声に送り出され、フロルは籠を背負って、森の中へ入っていった。

馬はブール草が好きだ。馬にとってはとびきりのご馳走らしい。

「ブール草……さて、今日はどこで採ろうかな」

午後の遅い時間に森に入って一時間ほど歩くと、ブール草があちこちに生えている場所に出た。

ブール草を見つけるのはとても簡単だ。

そうして、フロルは夢中になって、ブール草を好きなだけ採取する。ふと気がつけば、太陽が西に沈みかけ、木々が細長い影を地面に落としていた。

「ああ、ちょっと遅くなっちゃったな……もうすぐ魔物が出るかもしれない」

この森には、夜になると魔物が出る。

魔物は動物を喰らい、人も喰らう。時折、道に迷った旅人や小動物が道ばたで無残な姿で発見されるが、それはすべて魔物の仕業だ。

早く帰らないと、自分だって同じような目にあうかもしれない。フロルが、急いでダーマ亭に足を向けた、その時だった。

「きゅん！」

自分を呼び止めるように、動物の鳴き声が聞こえる。

フロルは思わず歩みを止め、辺りをキョロキョロと見回すが、これといったものは見当たらない。

あれは、気のせいだったのだろうか。

「……きゅん……」

すると、今度は少し小さめの鳴き声が聞こえた。その声は、どうやらすぐ近くの茂みの中から聞こえてくるようだ。

（この鳴き声はなんだろう？　犬でも猫でもないし。森のリスや、子鹿とも違うし……）

フロルは不安げに、西に傾くオレンジ色の太陽へちらりと視線を向けた。もうすぐ日が暮れる。

小さな動物なら、魔物の格好の餌食になるはずだ。

それが少し心配になって、フロルは、そっと声のするほうに近寄った。驚かせないように、そうっと茂みを掻き分けると、ぴょんと何かが勢いよく飛び出してくる。

「ひゃあっ」

驚いて尻餅をついた拍子に、背負った籠の中からブール草が地面にこぼれ落ちた。

「あー、もう、せっかく摘んだのに……」

フロルは、草を拾おうと身を起こす。その時、何かがフロルの膝の上へ飛び乗ってきた。

「えっ？　ええっ？」

目を丸くし、フロルは素っ頓狂な声を上げる。

「な……なんで？　なんで竜？」

子竜が膝の上で、つぶらな瞳でフロルをじっと見つめていたのだ。

竜はこんな田舎にいるはずがないと、フロルは慌てる。

「ダメッ、ダメだよ。竜なんて」

この国では、竜は神の使いと言われている神聖な生き物だ。それ故に、平民が竜に触れることは禁止されている。

「ねぇ……お前のお母さんはどこにいるの？」

フロルは膝の上の子竜をそろそろと地面に置いた。それから優しい声で話しかける。

「ぴゅ？」

子竜はわからないと言いたげに小首を傾げた。可愛らしいが、ここに留まるわけにはいくまい。

フロルは見なかったことにしようと、子竜を抱き上げそのまま茂みの中へ戻す。

「ぴゅう？」

子竜がフロルを見上げて、もう一度、か細い声で鳴く。不思議そうに自分を見つめる子竜に、フロルは言った。

「いい？　お母さんが来るまで、ここから動いちゃダメよ？」

そろそろ暗くなり始める。早く帰らないと、魔物に襲われるかもしれない。

子竜のことは心配だったが、母竜がきっと傍にいるはずだ。ここで大人しく待っていれば、きっと母竜が迎えに来てくれるだろう。

母竜には遭遇しないほうがいいに決まってる。

竜は、ブレスという特別な息を吐き、敵を攻撃することができる。母竜は怖い。マジギレされたら、この森はブレスによって一瞬で壊滅するだろう。

フロルは籠を背負い直して、子竜を隠した茂みに背を向けた。

最後にちらっと背後を見ると、茂みから子竜がモソモソと這い出してきた。そして、ぽてぽてとフロルの足元に駆け寄ってくる。

「だから出てきちゃダメだって言ってるでしょう?」

慌ててもう一度茂みに戻すが、やはり子竜は出てきてしまう。

「ぴゅう」

ぴたりと足に密着し甘えた声を上げる子竜に、フロルは困惑した視線を向けた。

とても懐いてくれているようだが、子竜を飼うわけにはいかない。もし、平民が竜を手に入れたことがバレれば、自分だけでなく、家族全員に厳罰が下される。

事情によっては死罪にさえなりかねないので、なんとかして離れてもらわなければ。

その後、何度、茂みに戻しても、子竜はすぐに出てきて、フロルから離れない。そうこうしている間に、日はどんどん傾いていく。

「あああ、もうっ」

離れてくれないので、ついに根負けして、子竜をそっと抱き上げた。

このまま森の中に置き去りにすれば、魔物に襲われるかもしれない。フロルは仕方なく子竜を連れ帰ることにした。両親にバレたら大変なので、子竜は馬屋にでも隠しておこう。

「一晩だけだからねっ!」

たしなめるように言うと、子竜は嬉しそうに、ぴゅうっと鳴いた。

◇

ちょうどその頃。

王宮の一室では、国の重要人物が集まり、白熱した議論を展開していた。

集まった人物の中で、一際異彩を放つ男がいる。

彼はライル・ノワール宮廷魔道師長。

ライルは、二十代の若さで宮廷魔道師のトップにまで上りつめた。彼の魔力は歴代の魔道師長の中でも群を抜いて強く、その膨大な魔力を操(あやつ)る技能もまた卓越(たくえつ)していた。

彼は艶(つや)やかな長い黒髪を後ろで一つに束ね、海のような濃紺色(のうこんいろ)の瞳は気だるげである。

ライルは目の前で熱弁をふるっているバルジール大神官を、ひたすら呆(あき)れた様子で眺めていた。

やがて、我慢できなくなったのか、侮蔑(ぶべつ)の色も露(あら)わにしながら口を開く。

「神殿の巫女(みこ)がなんと言おうと、私は、そんな伝説が現実になるとは思えませんがね……」

魔道師には、社会性などというものは全くない。何故かと問われても、それが魔道師なのだ。

「魔道師長がなんとおっしゃろうと、神のお告げでは、女神様の生まれ変わりがすでにこの世界に現れているのです」

憤(いきどお)るバルジールに、ライルはふふっと嘲笑(ちょうしょう)を漏(も)らす。

「女神の生まれ変わりに祝福を与えられれば国が繁栄するという、あの伝説のとおりにですか？」

神の代理人として権威主義を地で行く神官と、実力主義の魔道師。両者の理念は、相容れることはない。神官と魔道師が対立するのは、いつもの光景である。

「ノワール魔道師長、たまには大神官の言うことも聞いてあげたらどうなんだい？」

ミリアム王太子がやんわりと仲裁に入る。

「確かに過去の歴史においては、女神の生まれ変わりが出現して、奇跡を起こした例があるんだ。女神の生まれ変わりを保護するのは、我々王族の責務なんだよ。特に我が国ではここ数年、稀に見る豊作が続いている。こんな風に桁外れの豊作は、女神が再来する前触れとも言われているしな」

「それで、その伝説の乙女という者には、どういう特徴があるのですか？」

会議に参加している別の者から質問が飛び、バルジールがそれに応じた。

「神託によると、現在の年齢は十六歳から十九歳。フローリアという名であることは間違いないんだが……」

「フローリア以外の名前である可能性はないのか？」

王太子の質問に、バルジールが厳かに答える。

「それは絶対にありません。我らが見分けられるように、生まれ変わりの娘には必ずフローリアという名前がつけられることになっているのです」

「絶対に、フローリアという名の娘であるのだな？」

王太子が念を押すように聞くと、バルジールは力強く頷いた。

「さようにございます」

「その女神の生まれ変わりが、この世に生まれた時から奇跡を起こせる可能性は？　そうすれば、発見するのもたやすくなるだろう？」

「残念ながら、女神として覚醒する前は、なんら普通の娘と変わらないそうです」

「では、その生まれ変わりの娘はどうやって覚醒するんだ？」

「それが、百年前の神殿の火災で古文書が焼失し、詳細はわからなくなってしまいまして。古文書が残っていれば、女神様の生まれ変わりを発見するのもたやすかったのですが、今は巫女の神託が唯一の手掛かりでして……」

　王太子が重ねた問いに、バルジールは言葉を濁した。王太子はさらに尋ねる。

「その娘を見つけられないと、何か問題があるのか？」

「懸念すべきは、覚醒前の女神が一番、不安定で危険だという言い伝えが残っていることです。生まれ変わりの身に宿る聖なる力を狙って、つけ込もうとする闇の力も存在しているとか」

「その闇の力とは一体なんだ？」

　王太子の質問に対して、バルジール大神官は残念そうに口を開く。

「それも、古文書の焼失によって、全く不明なのです。比喩としての意味なのか、本当に実体のある存在なのか……」

「それすら不明なわけだ」

　王太子が溜め息混じりに呟いた。

「はい、残念ながら。ですから、女神様が覚醒する前に発見して、この神殿にて保護しなくてはなりません。それは、この国で女神様を信仰する我々の義務なのです。そして、闇の力から女神をお守りするための聖剣も探し出さなくてはなりません」

「それについては、騎士団からも一言申し上げたいことがあります」

老年にさしかかった白髪交じりの騎士団長がすっと立ち上がり、円卓にずらりと座っている重鎮たちを静かに見つめた。彼の口元には厳しい表情が浮かんでいて、その声は固かった。

「その神殿の巫女の神託通りに、聖剣があるとされる地域一帯をくまなく探しておりますが、何一つ手がかりらしいものは見つかりません。どれだけ入念に探しても見つからないので、騎士団の中には、神託の信憑性を疑う者も少なからずおります。巫女殿のお告げを、というよりは、神託の解釈が違うのではないかと」

「神託を信じないわけではないのだが、もう少し精度を上げることはできないのか？」

騎士団長の言葉を受け、王太子が大神官に問う。

「巫女が神託を受け取るには、非常に高度な技が必要なのです。今は、先代の巫女が引退した直後で、まだ優秀な後継が育っていません。にもかかわらず、女神様の生まれ変わりの出現が預言されたという、実にタイミングの悪い状況でして……」

「それでは、これ以上詳しい情報を知るのは難しいということか……」

騎士団長はバルジールの返答に苦々しく呟いた。

「で、我が国には今、フローリアという名の娘が何人いるんだい？」

ライルの質問に、統計課の文官が几帳面に答える。

「七千人弱くらいですね……正確には、六千八百九十五人です」

「そんなにいるのか？　……全く、自分の娘に神話の女神と同じ名をつけるバカがこんなにもいるとは思わなかったね」

ライルはやれやれと肩をすくめた後、重ねて問いかけた。

「その中で、十六歳から十九歳のフローリアは何人いるんだ？」

「おおよそ、八百五十人程度かと」

「そのフローリアの中に本物がひとり交じっていると」

王太子の発言に、重鎮たちは顔を見合わせ、一斉に溜め息をつく。

「そのフローリアたちにひとりひとり聞いて回るか？　『貴女は女神の生まれ変わりですか』って？」

会議の参加者のひとりが声を上げると、他の文官が悩ましげな様子で口を開く。

「……それは不可能だ。自称女神の生まれ変わりが、わらわらと出てくるだろう」

「本物は自分が女神の生まれ変わりだなんて、きっと露ほども思ってはおらんでしょう」

騎士団長の指摘に、全員が肩を落とした。

議論が大分長くなってしまったことに気づいた王太子が、とにかく会議をまとめようと口を開く。

「ともあれ、神殿の巫女がそう言っているのなら、女神の生まれ変わりは確かにいると考えるほうが妥当だ。引き続き、騎士団は聖剣の探索を。神官は、できるだけ神託の精度を上げる努力をするよう巫女(みこ)に伝えること。以上」

やっと長く退屈な会議が終わった。

みんなが席を立ち、解散しようとする。そんな中、ほっと安堵(あんど)の溜め息をついたライルに、王太子が思い出したように言う。

「ああ……そうだ。ライル、君は少し残ってくれ」

「……どのようなご用件でしょうか、殿下？」

王太子はライルが不機嫌になったのがわかったが、大して気にとめなかった。それより、もっと大切なことがあるのだ。

「新しい魔獣が手に入ったんだ。君の意見を聞きたくてね」

ミリアム王太子の顔が楽しそうにキラキラと輝く。

「……仕方がないですね」

魔獣とは、この国に生息する獣の種の一つである。その中には、魔力があるものもいる。人に危害を加えないように予防措置(そち)を施(ほどこ)すのも、魔道師長のライルの仕事だ。

今日は早く帰宅するのは難しそうだと、ライルは心の片隅でちらと考えていた。

◇

ダーマ亭のまかないの時間が来た。

フロルの家では、宿泊客の夕食の前に、家族全員で簡単な夕食をとることが日課となっている。

「いただきます」

きちんと手を合わせてナイフとフォークを手に取ったが、フロルの食欲はいつもと違って全く湧(わ)いてこない。

(あの竜、とりあえず馬屋に入れてきちゃったけど、大丈夫かな？)

森から連れ帰った子竜のことが、どうしても気になって仕方がないからだ。

(どうしよう……父さんや母さんに言うべきかな？)

サラダをもそもそと口に運びながら、フロルは両親の様子をさりげなく観察する。ふたりは馬屋の異変には全く気がついていないようだ。

両親が竜なんか見たら、きっと大騒ぎになるだろう。

そういえば、とフロルは思い出した。今日のダーマ亭は、城の騎士たちの貸し切りになっている。この辺(あた)りで任務があるらしく、しばらくの間滞在すると聞いた。

両親が騒いで、万が一宿に泊まっている騎士たちに子竜の存在がバレたら、ややこしい事態になるのは間違いない。

(触(さわ)らぬ神に祟(たた)りなしって言うし……)

やっぱりこのまま黙っておいて、明日の朝一番に森に帰そうと、決心する。

「どうしたフロル。食事が進んでないが、腹でも痛いのか？」

ちょっと太めの父がおおらかに言う。平静を装うものの、フロルの胸はドキドキと落ち着かない。

「う、ううん。べ、別にいつもと変わらないよ？」

「そうか。じゃあ、早く食べてしまいなさい。父さんは、これからお客さんの夕食の支度があるからな」

「そうだね。父さん……」

フロルはぎこちない笑みを顔に貼りつけながら、一生懸命夕食を食べきったのだった。


そして夕食後、すぐにフロルは馬屋へ戻った。馬の世話も兼ねて、子竜の様子を見に来たのだ。

（そういえば、竜って何を食べるんだろう？）

竜の餌がなんだか全くわからないけれども、水くらいは飲むだろう。

馬に飲ませる水を準備するついでに、子竜用に小さな器に井戸水を入れておく。

さらにフロルは、隠し持っていた芋を懐から取り出す。子竜がそれを食べるかはわからなかったけれど、水だけでは可哀想な気がしたのだ。

ブール草の入った桶を馬の目の前に置いてやると、彼らはすぐに顔をつっこみ、がつがつと食べ始める。

それを見てから子竜の姿を探すと、びっくりするような光景が目に入った。

「えっ？　ええええっ？」

なんと子竜は、エスペランサと一緒に、同じ桶から草をはむはむと食べているではないか。

……よくもまあ、エスペランサが子竜を受け入れたな、と驚きながら、その様子を眺める。

それにしても、竜がブール草を食べるとは知らなかった。

エスペランサはフロルの視線に気がつくと、草を食べるのをやめてこちらをじっと見返す。それを見習ってか、子竜も同じように小首を傾げてフロルを見つめる。

「……エスペランサ、子竜に餌を分けてあげてたんだね？　えらいなー」

そう声をかけると、エスペランサは、えへんと胸を張った。フロルが首をぱんぱんと撫でてやると、エスペランサは尻尾をぷらんぷらんと揺らして嬉しそうな顔をする。

ところが、何故かそれが子竜の気に障ったようだ。子竜は口をへの字に曲げて、てけてけとフロルの足元にやってきた。そして、どんっと、フロルに体当たりする。

「わっ……」

フロルはバランスを崩して、馬用の干し草に倒れ込んだ。すかさず子竜が、ぴょんっと膝の上に乗ってくる。

「な、なに？」

怪訝な顔をするフロルに、子竜は自分の頭をにゅっと突き出した。

「……まさか、モフれと？」

半信半疑で呟くと、子竜はぱあっと嬉しそうな顔をする。

しょうがないなあと、フロルがよしよしと竜の首筋を撫でてやると、子竜は気持ちよさげに目を細めて、きゅう……と小さい声で鳴いた。

子竜は、どうやらエスペランサに嫉妬していたらしい。

それからしばらくの間、フロルがさんざん撫でてやったので、子竜は満足したのだろう。

子竜は、用意してやった小さな容器から水をごくごくと飲んだ後、馬小屋の隅にある藁の山の天辺によじ登った。そしてモソモソと藁に潜り込み、すぐにすやすやと寝息をたてはじめた。

「……まだ子供だもんね。仕方がないか」

とりあえず子竜は暴れる様子はないし、静かにしているようだったので、フロルは少し安心してそっと馬屋を後にした。

誰も入れないよう、しっかり戸締まりするのを忘れずに。

翌朝早く、まだ宿泊客も両親も寝静まっている頃、フロルは再び馬小屋の扉を開けた。

早速子竜が自分を見つけて、ぽてぽてっと足元に寄ってきた。フロルはすぐに子竜を抱き上げ、籠を背負って音を立てないようにそーっと森へ向かう。

もちろん、誰にも見つからないうちに、この子を元の場所に戻しに行くのである。

両親には昨夜のうちに、朝からブール草を採りに行くと伝えてあった。

フロルは子竜を腕に抱きながら、森の中を歩く。しばらくすると、最初に子竜を見つけた茂みに到着した。

「きゅん……」

なんだか可愛らしい鳴き声を発しながら腕の中でじっと自分を見上げる子竜に、フロルは言う。

「お母さんが来るまで、ここにいなきゃダメだよ？」

まるで自分のペットをこっそりと棄てに来たような気がして、フロルの胸は痛む。けれど、他に方法がない。万が一、騎士に子竜のことがバレたら大変なことになる。

それに、竜なんてどうやって育てていいかわからない。もしかしたら、この子が大人になった暁には、小山一つ分くらいの大きさになるかもしれないのだ。

（竜を飼うなんて、絶対に無理！）

無理やり自分に言い聞かせて子竜を茂みの中に隠し、そっと立ち上がった。

「ぴゅう……」

寂しげに鳴く子竜に、フロルは黙ってくるりと背を向けた。籠を背負い直して、さらに森の奥深くへ進む。

今日は、もっとたくさんブール草を採取しなくてはならない。最近、ダーマ亭に騎士たちが泊まる頻度が随分と増えた。客が増えた分、馬小屋に泊まる馬も多くなったので、余計にブール草が必要になるからだ。

「きゅん……」

立ち去ろうとするフロルを呼び止めるかのように、子竜は寂しそうな声で鳴く。けれどフロルは、振り返らなかった。

◇

置き去りにされた子竜は、フロルの姿が完全に見えなくなるまで、じっとその背中を見つめ続けた。

……それからしばらくした頃。

子竜は頃合いを見計らったかのように、茂みからよたよたと這い出す。

フロルに「ここにいろ」と言われたことなんて、子竜の頭の中にはこれっぽっちも残っていないのである。

背中に生えている小さな羽をにゅっと広げて、ぱたぱたと羽ばたく。飛んだというには心許なく、弱々しい様子ではあったが、なんとか地面から一メートルくらいの高さに浮かぶことができた。

「ぴゅう」

まともに飛べたのが初めてのことだったので、子竜は少し嬉しくて鳴いた。それから子竜はふらふらしながらも、そのままゆっくりと飛んでいった。

……ダーマ亭がある方向へ。

◇

子竜がふらふらと森の中をおぼつかない様子で飛んでいる頃。

騎士であるギルバート・リードは、いつものようにダーマ亭に泊まり、用意された朝食をすっかり平らげたところだった。

みんなからギルと呼ばれ親しまれている彼は、短く刈り込んだ銀の髪に、青い瞳。端整な顔立ちに自信ありげな笑みを絶やさない。

ギルはリード子爵の三男だ。今は王立騎士団の中の、騎馬騎士隊の隊長を務めており、部下の人望も厚い。騎馬騎士隊は、普段は騎馬隊と呼ばれていて、遠征を得意とする部隊だ。

他の爵位を持つ騎士たちはもっと上等な宿を利用しているが、堅苦しくなく便利な場所にあるダーマ亭をギルは好んでいた。

彼が出立の準備をして外に出ると、愛馬のエスペランサはすでに支度を終え、宿屋の前で自分を待っていた。

今日は予定がぎっしり詰まっていることを思い出しながら、ギルは鞘に収まった長い剣を腰のベルトに差し込み、落ちないようにしっかりと固定する。

ギルの相棒であるエスペランサは勇猛果敢な馬だが、とても気難しい。

その気性で馬丁を泣かせ続けるエスペランサにとっても、ダーマ亭は居心地がよいらしく、ここに泊まるとすこぶる機嫌がいい。それは、騎士団にとっても負担が軽くなることを意味するので、そういう意味でもギルはダーマ亭を気に入っているのだ。

支度を整えたギルは、愛馬のエスペランサに跨がり、颯爽と走らせる。

今回のミッションは、聖剣の発掘である。

どういうわけか、ダーマ亭周辺には女神フローリアを祭る神殿が多く存在する。現在も神殿として機能しているものもあれば、すでに廃墟となっているものもあった。

その一つ一つを探索し、失われた聖剣を見つけなければならない。

時折、神殿の巫女が神託を受け、聖剣のありかを伝えてくるのだが、その度にギルの部隊は駆り出され、聖剣の探索に奔走しなくてはならなくなる。しかし神託は今一つ具体性に欠け、発見の決め手になる情報が不正確なせいで、いまだに聖剣なるものは発見されていない。

ギルは馬をしばらく走らせ、合流地点に到着した。まだ定刻まで時間はあるが、他の宿屋に泊まっていた騎士たちも、ぱらぱらと集まり始めている。

その顔ぶれの中に、宮廷魔道師長のライル・ノワールを見つけた。彼は騎士たちに交じって、いつものように神経質で気難しい顔をしていた。

ギルは馬からひらりと降り、部下に手綱を渡すと、そのままライルに向かってまっすぐに歩を進めた。

「よう、ライル。朝から不機嫌か。相変わらずぶれないやつだな」

ギルが茶化すと、ライルはぶすっとした顔で言う。

「私は来たくなかったんだがね。ミリアム殿下がどうしても、と言うから」

「ああ、今回は殿下も同行されると聞いて、俺たちも驚いているんだが。その理由を聞いてもいいか？」

「今回の遠征のついでに、殿下が子竜を見つけて帰りたいんだそうだ」

「子竜？」

ギルはそれを聞いて、首を傾げる。ライルは溜め息をつき続けた。

「最近、この辺りで子竜の目撃情報が頻繁に報告されていてね。それで、殿下の悪い癖がまた出てしまったようなんだ」

「……あの、魔獣コレクションか？」

「ああ。目撃された子竜っていうのが、どうも氷竜のようでね」

「希少な竜と言われている？」

「どうもそうらしい。殿下が、それをぜひ手に入れたいと」

ミリアム王太子の趣味が魔獣収集であることは、王宮では誰もが知る話である。特に珍しい魔獣には目がないので、氷竜ともなると喉から手が出るほど欲しいのだろう。

面倒臭げな表情を浮かべるライルを見て、ギルは苦笑しながら言う。

「遠征に同行するのが目的ではなくて、子竜を捕まえに来たというのが正しいのだろうな」

「ああ、殿下の魔獣好きにも困ったもんだよ。この前、三ツ目の蛇を手に入れたばかりなのに」

「魔獣の世話係は大変だな」

「……この半年で、もう三人も辞めたよ」

ひとりは魔獣に襲われかけて危うく命を落とすところだったんだ、とライルは溜め息混じりに呟く。

「それで、引きこもりのお前も連れてこられたわけか」

ギルは合点がいったとばかりに頷く。ライルはよほどのことがない限り、外に出ようとしないからだ。

「ああ、竜を捕獲する時に、暴れでもしたら、魔術でないと対抗できないかもしれないからな」

げんなりとした様子のライルに同情しつつ、ふと思いついて、ギルは問いかける。

「で、お前はダーマ亭に泊まるのか？」

聞いた後で、ギルは心の中で首を横に振る。

神経質なこの男が、庶民的なあの宿を気に入るとは思えない。

案の定、予想した通りの答えが返ってきた。

「いや。私は庶民的なところが苦手でね。殿下とともに貴族の屋敷に泊まるよ」

「やっぱりな」

ギルとライルは正反対の性格だったが、ふたりはどういうわけか、仲のよい友人でもあった。

肩をたたき合いながら、お互いに苦労するな、と笑った。

◇

その日の午後。森の中から長い道のりを経て、フロルはやっと宿屋へ戻ることができた。

早朝から森の中をうろつき、たくさんのブール草を採(と)った。

きっと今頃、子竜は母竜に会えているだろうと思いながら、井戸水を木桶(きおけ)に汲(く)んで、その中に採(と)ってきたばかりのブール草を入れた。

それから馬屋の扉を開けて、その中へ運び込む。

「ああ、今日は長かったな」

クタクタで、足は棒のようだ。馬屋の中で、やれやれとフロルは腰を伸ばす。

「きゅう」

そんなフロルの背後で、聞き覚えのある鳴き声が響いた。

今朝棄ててきた子竜の鳴き声にそっくりなのは、気のせいだろうか。

現実逃避したくなりながら、フロルがおそるおそる振り返ると、そこには見たくない光景が広がっていた。

馬小屋の隅にうずたかく積み上げられた藁の頂上から自分を見下ろしているのは、紛れもなく、朝置いてきぼりにしたはずの子竜だった。目をキラキラと輝かせ、とても嬉しそうな顔でフロルをじっと見つめている。

「な、なんでここにいるのっ!?」

驚いて叫ぶフロルを見て、子竜はぱたぱたと羽ばたきながら、嬉しそうに藁の上から舞い降りた。

それから急いでフロルに駆け寄ろうとして、ずるっと滑って転んだ。

「きゅうぅ」

地面に転がった子竜は立ち上がろうとせず、上目遣いでフロルを見て甘えたように鳴く。

「あーあ、もう……」

絆されちゃいかんと思いながらもフロルが抱き上げてやると、子竜の顔がぱあぁぁっと輝く。

「飛べたんだね？　で、帰ってきちゃったわけか」

子竜を腕に抱えたまま、フロルは一体どうしたものかと思案するが、全くといっていいほどいい案が浮かばない。

もうすぐ日が暮れる。魔獣がうろつく夜の森に、また子竜を戻しに行くことはできなかった。

「いい？　馬屋に泊めるのは今夜までだからね」

仕方なくフロルが言うと、子竜は目を輝かせて「きゅう」と嬉しそうに鳴いた。

◇

……それから三日後。今日も相変わらず、子竜は馬屋にいる。

「うう……どうして、こうなった……！」

馬屋の中で、子竜はエスペランサと楽しげに遊んでいる。その様子を横目で眺めながら、フロルはひとり頭を抱えた。

人気のない早朝に子竜を森に帰し、ブール草を採って夕方家に帰ってきたら、棄てたはずの子竜が馬屋にいる……ということが続いて、はや三日。

（今までの努力は無駄でしかなかった……）

フロルはがっくりと肩を落とす。

今朝に至っては、ブール草を採りに向かうフロルの籠の中に、子竜は『待ってました！』とばかりに入り込んできた。毎朝森へ行くことを、ちょっとしたお出かけか何かのように思っているようだ。

そういうわけで困り果てたフロルは、その日の午後に村の図書館を訪れていた。子竜のことを少しでも知れば、何かよい策が浮かぶのではないかと調べに来たのだ。

「えーっと、竜の本、竜の本は……と」

平日の午後の図書館は閑散としている。竜に関する本を探そうと、フロルはきょろきょろと辺りを見回した。

何がなんでも、子竜には森に帰ってもらわねばならない。

竜を手元に置いて家族をこの件に巻き込むことはできないし、さりとて騎士たちに差し出すのは子竜が可哀想だ。きっとこの辺りで、子供を探している母竜がいるに違いない。

できることなら、お母さんのところへ帰してあげたい。

司書のお姉さんに尋ねながら、フロルはやっと竜に関する本があるセクションを探し当てる。

その中から一冊を手に取り、ぱらぱらとめくると、色々な種類の竜の姿絵や特徴が書いてあった。

火竜は鱗が赤銅色をしていて、ブレスは火。緑竜は、鱗が緑色……と。

では子竜のような青銀のやつは何かと探すと、そこには氷竜と書いてあった。

(あ、これだ。これと同じやつだ)

本によると、竜は地上最強の魔獣と言われているらしく、その中でも氷竜は珍しいとのことだ。

本棚には他にも面白そうな竜の本がたくさん見つかった。

フロルは夢中になって、両手から零れ出さんばかりに竜の本を抜き取る。それを抱えて歩いていた時だった。

何気なく振り返った瞬間、どんっと誰かにぶつかって、大きく尻餅（しりもち）をつく。

抱（かか）えていた本が、ばさばさと大きな音を立てて床の上一面に散らばった。

「ああ……ごめんね。私がよそ見していたせいだ。大丈夫だったかい？」

耳に心地よく響く柔らかな声。

フロルがぶつけた鼻を撫（な）でながら立ち上がると、その声の主（ぬし）が目に入る。

（うわ……綺麗な人）

その人は黒く艶（つや）やかな髪を後ろで一つに括（くく）っており、ほっそりした顔立ちで、とても綺麗な男性だった。女性と言われてもわからないくらいすらっとした、細身の体。フロルを見つめる切れ長の目は涼しげで、海のように深い紺色（こんいろ）をしている。

その人の硬質な美しさと柔らかな声色に、フロルは一瞬ぼけっと見惚（みと）れてしまったが、すぐに我に返った。

「あ、あのっ、だ、大丈夫です」

フロルは、慌（あわ）てて散乱した本を拾おうとする。

「私も手伝うよ」

そう言って手を伸ばしかけた綺麗な人は落ちている本の題名を見て、はっとした顔でフロルを見つめた。

「……君は竜が好きなの？」

フロルは、この男の人が宮廷魔道師の制服を着ているのに気がついた。この人は王宮の関係者だ。

やばいやばいやばい。

緊急警報がフロルの頭の中で鳴り響く。

子竜が森から馬屋に戻ってくる途中に、誰かに見られて噂になっているのかもしれない。

「……どこかで子竜とか見なかった？」

(やっぱり、そうきたかー！)

平静を装いつつも、フロルの背中につーっと嫌な汗が流れる。「こういう竜だけど……」と、その男性が綺麗な指で示した先には、やはり氷竜の姿があった。

「あ、あはは、いや、りゅ、竜は見たことないけど、なんだか面白そうだと思ってー」

フロルは愛想笑いをしつつ、彼が拾ってくれた本を受け取った。そして動揺を悟られないように、深々と頭を下げる。

「どうもありがとうございました」

「……そう。じゃあ、気をつけて帰るんだよ」

「あ、はい。じゃあ、どうも」

へらへらと顔に愛想笑いを貼りつけたまま、フロルはそそくさと逃げるように歩いていったのだった。

◇

その少女の後ろ姿を、宮廷魔道師の制服を着た男——ライルはじっと見つめていた。

彼の口元には、うっすらと笑みが浮かんでいる。

「……なかなか面白そうな子じゃないか」

魔道師の嗅覚(きゅうかく)は鋭く、特殊な人間をかぎ分ける能力がある。

(こんな田舎に、あんなに面白い子がいるなんて)

興味をそそられたライルは、図書館司書の女性に声をかける。

「さっきここを通っていった子が落とし物をしたらしいのですが、どこの子かわかりますか？」

実際には、落とし物などない。あの子の身元を確認したいだけだ。小さい村だから、それはきっと簡単だろう。

「はい。落とし物はこちらでお預かりして、後で連絡しておきます」

司書の言葉は丁寧だが冷たい。見知らぬ男を警戒するような視線に、ライルはすぐに気がついた。

ここは田舎だけに、よそ者に対する警戒心がかなり強いらしい。

「ねぇ……もう少し、あの子のことを教えてくれないかな？」

ライルは整った顔立ちに愛想笑いを浮かべる。言葉に少し魔力を乗せれば、それは覿面(てきめん)に効果を発揮した。司書は先ほどの様子が嘘だったように口を開く。

「……あの子は、ダーマ亭っていう宿屋の娘さんですよ。フロルちゃんっていってね」

ライルの目がキラリと光る。

無詠唱の魔術で一般人の口を割らせるくらい、赤子の手をひねるより簡単だ。ライルは思惑通り、司書の女性からフロルの家庭の事情や、弟のことまで洗いざらい全て聞き出してしまった。

「で、なんでお前がダーマ亭にいるんだ？　ライル？」

　夕食の時刻、ライルはダーマ亭の食堂にいた。そこにやってきたギルは、彼に呆れたように声をかけた。ギルの胡散臭いといわんばかりの視線をさらっと無視して、ライルは何食わぬ顔で嘯く。

「私もたまには世俗に塗れてみてもいいのかなって思ってさ」

「他の騎士たちはどこへやったんだ？　ダーマ亭は、俺の部下でほとんど満室だったはずだが」

　魔道師長だけでは心配だとライルの部下たちも同行してきたので、ダーマ亭の中は、魔道師の姿もちらほらと見られる。ギルはそれに気づいたのだろう。ライルは、平然と答えた。

「ああ、お貴族様のお屋敷に泊まってもらうことにしたよ」

「あいつら、ああいう堅苦しいところが嫌いだったはずだがね？」

　ギルが少しの嫌味を込めて言うと、ライルはしれっと返す。

「夜の護衛は、あちらに泊まったほうが便利だからね」

「お前、変な魔術を使ったんじゃないだろうな？」

「失礼だな。魔術ではなく、袖の下と言ってくれたまえ」

「……買収したのか？」

「いやだなあ。買収だなんて人聞きの悪い。トレードと言って欲しいな」

肩をすくめて笑う魔道師に、ギルは呆れた目を向ける。

「気まぐれもほどほどにな……お前、ダーマ亭で魔術の実験とかするなよな？」

「ここは一般人の宿屋だから、絶対に変なことするなよ？」と、心配そうに何度も念を押すギルに、ライルはうるさそうな顔をする。

「私にだって、常識くらいはあるさ」

そう言って会話を打ちきると、簡単な夕食を終え、ライルは自分の部屋へ戻ってきた。まがりなりにも、宮廷魔道師長が滞在する部屋だ。部下が気を利かせて、一番いい部屋を用意してくれたらしい。

荷物をほどいてから窓の外を見ると、庭で馬の背中にせっせとブラシをかけている女の子の後ろ姿が目に入る。

図書館で竜の本をあふれんばかりに抱えていた女の子。いや、娘さんと言うべきなのか。

淡い金色のくせ毛に、新緑を思わせる緑色の瞳、小さな体。

この宿を営む夫婦は、ふたりとも髪と瞳の色は茶色だ。ごくありきたりの夫婦に全くそぐわぬ色を持つ子供。血がつながっていないのは一目瞭然だ。

「フロルちゃんか……君は一体、どこの家の子なんだろうね……」

ライルはひとり呟き、彼女が纏うオーラを見た。

普通の人間の目には見えないだろうが、ライルのような優秀な魔道師の目にははっきりと見える。

彼女の体には呪詛のような何かが、びっしりと張りついている。

強力なそれは彼女を守る鎧だろうか、それとも、彼女を縛りつける鎖だろうか。

現代の定義では、魔術は魔力を元に展開するものであるが、呪詛とは、神や霊的な力を元にしているため、魔術とは根本的に性質が異なる。魔術が自らのために使われる一方で呪詛は他人を呪うものであるが、彼女のそれには、そんな嫌な雰囲気は微塵も感じられない。

「……こんな田舎宿の娘に、あそこまでの呪詛が必要なのかね？」

これが王族であれば理解できる。最もライルの興味を引いたのは、それがどうして、ただの田舎娘に起きているのか、ということだ。

しかも、それは見慣れた術式ではない。今でいう魔術と呪詛が未分化だった時代、太古の昔に存在していたという古代魔術に近いものだ。

「……それにしても面白いな」

まるでパズルのような術式だ。ライルはおもちゃを見つけた子供のように目を輝かせる。

「ここにいる間、退屈しなくて済みそうだな……」

ライルは美しい顔にひっそりと笑みを浮かべ、そのままフロルの背中をじっと見つめ続ける。フロルはそんな視線に気づくことなく、せっせと馬の世話を続けていた。

◇

子竜を馬屋に隠してから、数日が経った。

今日も子竜は絶好調だ。

馬小屋に子竜がいることが日常の風景になりつつある中、フロルはものすごく悩んでいた。

（いつまで誤魔化せるのかな……）

未だに森に戻す方法が見つからない。今も子竜はエスペランサと仲良く遊んでいるが、様子がなんだかおかしい。

何日か前からうすうす感じていたが、その理由がわからなくて、困惑は深まるばかりだ。

最初に変だと感じたのは、図書館に行った次の日。朝、出立する騎士のために馬に鞍をつけてやっていた時のことだ。

ダーマ亭で鞍をつけるのは主にフロルの仕事なのだ。その時はエスペランサの支度をしていた。

鞍をよいっしょっと運び、馬の背にのせる。その時にフロルがエスペランサに声をかけようとすると、何故か子竜が怒ったのだ。

「エスペ――」

「きゅっ！」

このように、エスペランサの名前を呼ぼうとすると、子竜が顔を真っ赤にしてフロルの邪魔をする。

また、別のある日の夕方。

ブール草を桶いっぱいに入れて、エスペランサに餌をあげようとした時のこと。

「さあ、ブール草だよ。エスペラ――」

「きゅっ！」

また馬の名前を呼ぼうとすると、途中で子竜が邪魔をする。

一体、何に抗議をしたいのか。

エスペランサもきょとんとしているから、馬が何か粗相をして子竜の逆鱗に触れたわけじゃなさそうだ。

そんなことを思い出しながら、フロルはじっと馬と遊ぶ子竜の様子を観察する。

ふたりは仲良く遊んでいるし、馬が子竜の気に障るようなことをしているわけでもない。

（……あの子は一体、何がしたいのだろう？　エスペランサの名前を呼ぶのが嫌なのかな？）

フロルは馬屋の中の木の柵に腰掛けて、足をぶらぶらと揺らしながら考える。

「馬の名前……名前ねぇ……」

もしかして、とフロルは一つの可能性に思い当たる。それを試すために馬の前に立ち、名前を呼んでみることにした。

「エスペラ――」

「きゅうぅ！」

予想通り子竜が真っ赤な顔をして目をつり上げ、フロルの前に立ちふさがる。

「ねぇ……どうして怒ってるの？」

フロルが子竜に問いかけると、子竜は赤い顔をさらに真っ赤にさせ、「きゅうっ、きゅうっ、きゅうううぅー！」と鼻息荒く鳴く。

「……なんか抗議されてるみたいなんだけど」

フロルが戸惑いがちに言うと、子竜はぶんぶんと首を縦に振って大きく頷く。

子竜が機嫌を損ねる時は、必ず「エスペランサ」という名前を呼んでいる時だ。では、子竜は？　馬にはエスペランサという名前があるのに、この子竜にはまだ名前がない。

この子竜がいるのはほんの一時のことだからと、名前をつけようなどと考えなかった。だが、子竜は自分に名前がないことを気にしているのかもしれない。

「名前……名前ねぇ」

ぶつぶつと呟くフロルの声が子竜に届いたのだろうか。子竜はトコトコとおぼつかない足取りで歩いてきて、フロルの肩の上にぴょん！　と乗った。

「名前をつけて欲しいの？」

そう聞くと、子竜はランランと目を光らせながら、一生懸命に「きゅうぅぅ……！」と鳴いた。

よほど、名前がないことを思いつめていたのだろうか？

「そうか。じゃあ、名前どうしようかな……」

フロルはしばし考えた後、小さな声で「リル」と呟いた。

「お前の名前はリルだよ。リルでいいよね？」

そう言うと、子竜はぱたぱたと翼を羽ばたかせる。その後、嬉しそうに馬小屋の中でふんわりと宙に浮いた。そうして子竜は、馬屋の中をぐるりと飛びながら二周して、「ぴゅう」と嬉しそうな声で鳴く。

「よかったねぇ、リル」

フロルが目を細めて子竜……いや、リルの頭を撫でてやると、リルも嬉しそうな顔で笑った。

子竜にリルと名前をつけてからも、フロルは仕事の合間を縫って何度か子竜を森に帰そうと試みた。しかし、ことごとく失敗に終わり、仕方なくリルを馬屋に隠し続けている。

そんなある日の午後、フロルは馬小屋の掃除をしていた。馬たちは騎士と仕事に行っているので、日中の馬小屋はリルとふたりきりだ。

馬が戻ってくるまでに、餌や寝床などを整えなければならないので、結構忙しい。

ふと気がつけば、リルがつぶらな瞳でじっと自分を見つめている。その様子が愛らしく、フロルの胸はきゅんと疼く。

「リル……可愛いね」

ちょっと撫でてやると、リルは満足そうに目を細める。自覚はないものの、フロルは完璧に子竜に絆されてしまっているのだ。

「おい、誰かいるか?」

そんな時、外から聞き覚えのない男性の声が聞こえた。

(えっ? この時間に戻ってくる?)

騎士たちは馬と一緒にいるから、日が暮れるまで帰ってこないはずだ。

まだ日は沈みきっていないけれど、お客さんの誰かが、宿の裏手にある馬屋まで来てしまったのだろうか？

「は、はい。ただいま！」

慌(あわ)ててリルを乱暴に藁(わら)の中へ隠してから馬屋の外に出ると、ひとりの若い騎士が馬に跨(また)がったまま、フロルを見下ろしていた。

「あ……エスペランサ」

「いつもより早く戻ってきてすまないな」

そう言って機嫌よく笑う騎士の姿を、フロルは初めて目にした。

（この人がエスペランサのご主人……）

逞(たくま)しい体躯(たいく)、日焼けした肌。彼が着ている騎士服は王国所属のものだ。プラチナシルバーの短い髪に、彫(ほ)りの深い顔。思いがけない客人に出会い、フロルはぼんやりとその人を眺めた。

（わあ、かっこいい……これが巷(ちまた)でいうイケメンってやつなのかな）

その騎士は凛々(りり)しく、そして優しそうだ。

「あの、何かご用でしょうか？」

「今日は少し早めに上がったんだが、馬を預かってもらえるかな？」

「もちろんです」

少し低めの声も素敵だ。イケメンは声までイケメンなのか。

騎士は馬からひらりと飛び降り、フロルに馬の手綱(たづな)を渡す。エスペランサは、いつものようにフロルの頬へ顔を寄せた。エスペランサの親愛の表現だ。

そんな馬の様子を見て、感心したように男は言った。

「……君がいつもエスペランサの世話をしてくれていたのか」

「あっ、はい。そうです」

生まれて初めて見たイケメンを前に、フロルはちょっと赤くなる。それに気づいてかそうでないのか、騎士はその青い目を細めてさらに優しげに笑った。

（わあ、イケメンがさらにイケメンになった！）

語彙に乏しいフロルの精一杯の表現がこれである。

「ここに預けると馬の調子がとてもよくてな。ありがとう」

「いえ。仕事ですから」

「嬢ちゃんは、ここで働いているのか？」

彼が少し眉を顰める。その理由が、フロルにはよくわかった。

フロルの見た目が幼いままなので、全く事情を知らない人には、子供が労働させられているのだと思われることが多い。両親が責められることもあるので、割と迷惑しているのだ。

「あの、両親の手伝いを……」

「宿屋の娘さんってわけか」

「はい」

フロルの返事を聞くと、騎士は安堵したように微笑む。

「まだ自己紹介してなかったな。俺はギルバート・リード。騎士団の騎馬隊の隊長をしている」

「私は、フロルといいます。騎士様」

「ギルって呼んでくれて構わないぞ」

尊敬の眼差しで見つめるフロルに、騎士改めギルは、エスペランサの首をぽんぽんと叩き、親しげな様子で口を開く。

「こいつはとても気性が荒くてな。騎士団の馬丁ですら、簡単には近寄らせないんだが」

「エスペランサはいい子ですよ？」

フロルが不思議そうに言うとギルは苦笑いを浮かべる。

「なるほど。こいつが犬みたいに愛想がいいのは、嬢ちゃんと一緒のせいか」

ふたりが楽しげに会話をしていると、エスペランサがフロルのお尻を鼻で突き、軽く押し始めた。

「エスペランサっ、こらっ。やめてっ。やめなさいって」

エスペランサの意図がわからず、フロルが困った顔をする。一方のギルは馬の意図を理解し、軽く目を細めて笑った。

「どうやら、こいつはお前さんを乗せたいらしい」

「えっ？　本当ですか？」

「ああ、間違いない。俺とこの馬は、もう何年も一緒に働いているからな」

ふむ……と騎士は真面目な顔で、何やら思案している。

「……少し乗ってみるか？」

「えっ？　いいんですか？」

とても魅力的な提案に、フロルの顔がぱあっと輝く。

「こいつは気難しくてな。俺以外の人間を乗せることはないんだが、お前さんなら大丈夫そうだ」

「わあ！」

フロルをギルはひょいと抱き上げ、馬の鞍（くら）に乗せる。そうして、彼も鐙（あぶみ）に足をかけてフロルの後ろに乗り、馬の腹を足で蹴（け）る。

「はっ！」

かけ声とともに、エスペランサは勢いよく駆け出した。

「しっかり俺に掴まってろ」

フロルが落馬しないように、ギルが片手を彼女の胴に回して体をしっかりと安定させる。

流れるように馬を走らせる騎士を、フロルは尊敬の眼差（まなざ）しで見上げた。

随分（ずいぶん）と高いところにいるが、フロルは全然怖いとは思わなかった。だって、今自分を乗せているのは、仲良しのエスペランサなのだから。

「すごい！」

ニコニコ顔で嬉しそうにするフロルを見て、微笑みながら、ギルは宿屋の周囲を一周する。

ギルと一緒に馬に乗ったフロルは、馬上から見る素晴らしい光景にすっかり目を奪われていた。

いつもの視点より、ずっと高い位置から周囲を見渡せる。

麦畑も、森も、空の広さも、馬に乗ると見慣れた光景が全然違うものに変わる。空は近く、麦畑は眼下一面に広がり、青々とした葉を揺らしている。

「……こんなに綺麗な景色だったなんて」

「馬の上から見た光景は素敵だろ？」

ギルはふふっと、口元に上機嫌な微笑みを浮かべる。

「いつもエスペランサの世話をしてくれて、ありがとうな。嬢ちゃん」

フロルの若草色の瞳はキラキラと輝いているし、口元には微笑みが浮かんでいる。

そんなフロルに、妬ましげな視線を向けるものがいた。

「きゅう……」

馬屋の窓から、フロルをじっと見つめていたのは子竜だった。リルの背中は嫉妬（しっと）で心なしか震えている。自分を差し置いて馬に乗るなんて、と言いたげな顔をして、フロルから決して目を離さない。

そんなリルの様子にフロルは全く気づかないまま、馬でダーマ亭の周りをぐるっと一回りした後、再び馬屋の前に戻ってきた。馬から降りると、フロルはギルから馬の手綱（たづな）を受け取る。

「……あの、ありがとうございました」

興奮冷めやらぬキラキラした顔で騎士に礼を言うと、彼はそっと笑って、フロルの頭をぽんぽんと撫（な）でた。

「こちらこそ、いつもエスペランサの世話をしてくれてありがとう」

そう言って立ち去るギルの背中を見送ったフロルは、ぱんっと自分の頬をちょっと叩いた。

「見惚（みと）れちゃったな」

エスペランサに乗れたのが嬉しくて、フロルの顔はだらしなく緩んだままだった。村の少年たちが騎士に憧れるのも無理はない。だって、王立騎士団の騎士って、こんなにカッコいいんだから。

フロルはニコニコしながら、馬屋へエスペランサを連れて戻る。

すぐに馬の手綱を近くの棒に括りつけ、慣れた手つきで馬の鞍とくつわを外してやった。するとエスペランサは、やれやれといった感じでほっとした顔をする。

「エスペランサ、ありがとうね？」

そう言って首を撫でてやると、馬もまんざらではない顔をする。それからフロルは馬に水をやり、またいつものように世話を始めた。

そんなフロルの様子を、リルは藁の中から眺めていたが、その表情がいつもとかなり違うことに、彼女は全く気づいていなかった。

◇

フロルとギルの様子を眺めていたのは、リルだけではなかった。

「……あれ、エスペランサじゃねぇの？」

遅れて宿屋に到着した騎士たちが、信じられない光景を目にして、小声で囁き合う。

騎士団の中でも硬派と言われる精鋭の騎士が、淡い金色の髪の女の子を片手に抱えて、滑るように気性が荒い軍馬を走らせている。

その光景をにわかには信じられなくて、騎士たちは顔を見合わせた。

「隊長以外の人間が乗ってる……」

「あの荒くれ馬が、隊長以外の人間を乗せてるなんて信じられない……」

男たちは驚愕の眼差しで、その様子を眺めていた。

「馬丁ですら、近寄れない馬なのに」

エスペランサの気性が激しいことは、騎士団の中では有名な話だ。騎士たちでもうかつに傍に寄れば、すぐに噛みつかれる。その馬が、今は小さな女の子を乗せて嬉しそうに走っていく。騎士たちは呆気にとられながら、彼女は何者なのだろうと見つめることしかできなかった。

◇

その翌朝のこと。

今日のリルは、とても機嫌が悪い。子竜がいじける時には、それはそれは陰湿な視線をこちらに向けることを、フロルは初めて知った。

「リル、どうしたの？」

リルは無言のまま、フロルにさらにいじけた視線を向ける。

いつもなら、声をかければすぐ嬉しそうに「きゅう」とか「きゅん！」とか言って、そそくさとフロルの足元に寄ってくるのに。今のリルはうずたかく積まれた藁の中に隠れたまま、出てこようとしない。

藁の隙間から、へそを曲げたリルの目と鼻先だけが微かに見える。

（うう……視線が痛いな……）

どうしてリルがそんなにいじけているのか、さっぱり思い当たる節がない。

いくら頭をひねってもどうにもならないので、フロルは仕方なく掃除道具を手にして馬屋の掃除を始めた。

時おり、ちらちらとリルに視線を向けると、子竜も藁の中からじっとフロルを見返してくる。

藁の中でじっとしているのに飽きたのだろうか。それからしばらくして、リルがもぞもぞと這い出してきた。

（おっきくなったなあ……）

フロルは感嘆して子竜を眺めた。最近のリルは、成長が著しい。最初は子猫くらいの大きさだったのに、今では中型犬くらいのサイズだ。

（大きくなりすぎる前に、早く森に帰さないと）

そう思っているのだが、森への帰し方がわからない。どんなところに連れていっても、リルは必ず帰ってきてしまうのだ。

いつこの子竜の存在がバレてしまうのかと、フロルは気が気でない。

だから毎晩、馬屋の扉を閉めた後、「どうか子竜が見つかりませんように」と祈っている。しかし、それがなんの気休めにもならないことを、フロルは重々承知していた。

そんなことを考えているうちにリルが地面に降り、後ろ足で仁王立ちになった。

何かがおかしい。

今のリルは、顔を真っ赤にして神妙な面持ちのまま、ぴくりとも動かない。何か変なものでも食べたのか？　それとも、どこかで頭でもぶつけたのだろうか？

「きゅっ……きっ……」

フロルがドキドキしながら眺めていると、リルは大真面目な顔で目を中央によせ、小さく震えながら何ごとか呟き始めた。

そして、子竜が喉の奥から変な鳴き声を漏らす。

「ぴゅひ……ひ……」

リルは大真面目な様子で、「何かが違う！」と言わんばかりの顔をする。フロルは箒を手にしたまま、リルの様子を固唾をのんで見つめた。

それが何回か続いた後。

ついに子竜は天を向いて鳴いた。

「ぴゅひひーん」

（……もしかして、馬？）

リルはちらとフロルに視線を向け、その顔色を窺う。

それから「やっぱり何かが違うんだ」というように首をぶんぶんと振り、大真面目にもう一度声を出そうと顔を真っ赤にする。

そして、何度目かのトライの後、リルはついに鳴き声を完成させたようだ。

「きゅひひーん！」

（……もしかして、もしかして、もしかしなくても馬⁉）

思わず心の中で突っ込むフロルに、リルは「どうだ！」と言わんばかりのどや顔をして、ランランと目を輝かせる。

（やっぱり馬か、馬なのか！）

馬の「ひひーん」の前に、「きゅ」がついているところが実に惜しい。

フロルは箒を手に、肩を落としてがっくりと項垂れる。

（竜が馬を真似てどうするのさ……竜は地上最強の魔獣と言われているのに）

フロルは子竜に激しく主張したかった。馬は馬らしく、竜は竜らしくなければならない。それが自然というものだ。竜が馬らしくなる必要は全くない。

「ねえ、リル……」

「それは違うよね」と言おうとしてリルを見ると、子竜はあきらかに「できた！」という顔をしている。

自分を見上げるリルの顔には、実にやりきった感が満載の、爽やかな笑みが浮かんでいた。

褒めてと言わんばかりのリルを前に、フロルは逡巡する。

「え……あの……よくできたね？」

馬の真似はダメだよと言おうと思ったのに、リルのプレッシャーに負けて思わず褒めてしまった。

考えてみれば、リルは常にエスペランサにべったりだ。

エスペランサの餌桶に首を突っ込んで一緒に餌を食べているし、よく馬の背中に乗って遊んでいる。

リルが自分を馬だと思い込んだとしても、全くおかしくない。

「あああ……もう……どうしたらいいの⁉」

自分が馬だと思い込んでいる子竜を、一体どう矯正すればいいのか⁉

やはり人間が竜の子を育てるには限界があると、フロルは悟った。

◇

その日の夕暮れに近い時刻、宮廷魔道師長ライル・ノワールは騎士たちより一足早くダーマ亭へ戻ってきた。

ここに来てからというもの、忙しい仕事の合間を縫って、あのフロルという女の子の動向には必ず気を配るようにしている。

自分の部屋から馬屋にいるフロルの様子をそっと窺っていると、彼女はいつも夕方に馬屋の仕事を一度終えて、家の中に戻るようだった。

そして夕食後、再び馬の世話をするために馬屋へ戻ってくる。

窓から毎日のようにフロルを観察していたライルは、あることに気づく。

馬屋での仕事を終えると、彼女は馬屋の扉を閉め、その前で必ず何かをお祈りするのだ。それが毎日の日課となっているようだ。

（どうして、あんなところで祈るのか）

祈りを捧げるには、馬屋というのは不適切なところとしか思えない。

彼には、それは呪詛のように見えた。魔術に関してだけは、ライルは仕事熱心だ。魔術に関することなら、どんなに些細なことでも知りたいと願う。フロルの呪詛は、もしかすると古代魔術のような未解明のものかもしれない。

そしてライルは次の日、その呪詛のようなものがなんであるのか、どうしても知りたい気持ちを抑えきれなくなり、ついに突き止める決心をした。

騎士たちがまだ戻ってきていないことを確認し、フロルが一度家の中に戻るのを見届けてから、ライルはそっと馬屋の前に立った。彼女がかけた呪詛の欠片を拾うためだ。

（これは？）

馬屋の扉に手をかけ、その呪詛の残滓を拾う。その扉には頑丈な封印がしてあるようだが、それは見たこともないタイプの魔力によるものだ。当然、押しても引っ張っても一向に扉は開かない。

（何か見られたくないものを隠しているのか？）

そう疑問に思い、ライルの目が青く光る。魔術で扉を開けようとしたのだ。

（開け！）

扉に命じたはずなのに、なんの手応えもない。

（扉が開かない？）

この国で一番の魔力と技術を誇るライルにとって、魔術で開けられない扉などあるはずがない。普通の、なんの変哲もない宿屋の馬屋の扉が、解錠できないなんてあり得ない。

（扉よ。開け）

もう一度、ライルの目が青く光るが、扉はびくともしない。

（そんなはずは……）

意地になりかけていたライルの背後でパキリ、と枝を踏む音が聞こえた。彼は慌てて振り返る。

「あ…………」

そこには、驚いたように立ち尽くすフロルがいた。

桶にブール草を入れているところを見ると、馬の餌を持ってきたのだろう。気づけば、騎士たちがそろそろ戻ってくる時刻になっていた。

「夢中になりすぎていたな」とライルは思った。

◇

「あ、貴方は……」

馬屋の扉の前に立つ美しい青年を、フロルは大きく目を見開いて見つめた。

彼も物怖じしない様子で、自分をじっと見返している。

海の底のように深い紺色の瞳に、流れるような艶のある黒髪。女と見紛うばかりの美貌の持ち主に、フロルは見覚えがあった。図書館で竜の本を抱えている時にぶつかった人だ。

宮廷魔道師の制服を着ていたのに気がついて、慌てて逃げたはずなのに。

「私も君の宿屋に泊まっているんだよ。よろしくね」

そう言う彼の顔には、全く親愛の情など浮かんでいない。気まずさを隠そうとしているのか、仮面を貼りつけたような笑顔に、フロルは薄気味悪さしか覚えなかった。

「馬屋の管理は君がしているのか」

立派なものだねえ、と目を細めて笑う魔道師に、フロルはなんとなくぞっとする。

「……いつも扉の前で、少しお祈りをするよね？」

魔道師の言葉に、フロルは思わずびくりと震える。

「みっ、見てたんですか？」

「ああ、私の部屋はあそこだからね」

そう言って魔道師が顎で示した窓は、一流の客のための一番いい部屋のものだった。そこから馬屋がすっかり見通せることを、フロルもよく知っていた。

「何をお祈りしてたんだい？」

魔道師の目がキラリと光る。

「あ、あの、特段何も……」

いつも馬屋の掃除が終わった後に、「子竜が見つかりませんように」と祈っていただけだが、それを正直にこの男に言うわけにはいかなかった。

「ふうん。君は何にもないのにお祈りをするのかい？」

男の目が獲物を前にした猫のように細められる。声色は甘く優しいのに、何故か尋問されているような気がした。フロルは恐怖を感じて、背中につーっと冷たい汗をかく。

「それはそうと、私の好奇心を少しばかり満たしてもらいたいんだけど」

そう前置きをした魔道師は、フロルをじっと見つめながら、馬屋を指して猫のように喉を鳴らす。

「……ねぇ、この中には何がいるのかな？」

「な、ななな、何もっ」

うわずった声で、フロルは答える。

（ここには魔道師様にお見せするものなんて、何一つないんですから！）

そう言いたくても声にならず、フロルはただ慌てるしかなかった。だが魔道師は追及の手を緩めてはくれない。

「じゃあ、どうしてこの扉は開かないの？」

「あ、開かないなんて、そんなことあるはずないです」

蒼白になったフロルの顔色を見て、魔道師はさらに疑り深い目を向ける。

「ふうん？　この私にウソをつく度胸のある人間がいるんだ？」

魔道師の紺色の目が、意地悪く細められた。ちょっと目を細めただけで、彼の魔力が色濃く滲みだしたのがフロルにもわかる。その威圧感がすごくて、フロルは怯えながら数歩後ろに下がった。

「ウ、ウソなんて言ってません！」

「……夕べ、君が扉を閉めて何か魔術らしきものをかけるのを見たんだけどな？　正直に言うなら今が最後のチャンスだよ」

そう言う魔道師の、凄みのある笑顔が怖い。

（怖い。怖すぎる）

美人が怒るとこんなに怖いのかと、恐怖のあまりフロルは顔を引きつらせる。

「ま、魔術なんてかけてません！」

「へえ。この扉を見てご覧よ」

魔道師が馬屋の扉に手をかける。それを見たフロルは、心の中で大声で叫んでいた。

（やだ、どうしよう。リルが……リルが見つかっちゃう……）

魔道師はそのまま扉を引いて見せたが、扉はびくともしない。

それはまるで何かに固定されているかのように、魔道師がどんなに力を込めても全く動くことはなかった。

（あれ？）

一瞬、パニックになったフロルの顔にも、怪訝な色が浮かぶ。

「……なんで開かないんですかね？　施錠してないはずですけど？」

「私はそれが知りたいのだよ。君が魔術をかけたとしか思えないんだが？」

「……平民の私が、魔術を使えるとでも？」

魔術を扱えるのは貴族だけだ。フロルは疑わしげな視線を向ける。それまで平然としていた魔道師も、少しばかり躊躇した。

「……だったら、この扉を開けてみたまえ。話はそれからだ」

あくまで扉を開けようとする魔道師に、フロルは追いつめられた。

中にはリルがいる。絶対に、絶対にこの扉を開けるわけにはいかないのだ。

「あ……もしかして、扉が壊れちゃったかなあ？　……あは、あはは」

誤魔化すように笑いながら苦しい言いわけをするフロルに、魔道師はさらに追及の手を伸ばす。

「騎士団の馬は全て出払っているはずなのに、どうして中に生き物の気配があるんだい？　フロルちゃん」

「ど、どうして私の名前を!?」

この男には自分の名を教えていない。なのにどうして知っているのかとフロルは青ざめた。魔道師は口元を微かにつり上げ、冗談とも本気とも取れない言葉を放った。

「……もしかして、中に子竜がいたりしてね？」

フロルは背筋に冷たいものが走るのを自覚しながらも、なおも取り繕おうと必死だ。何しろ、自分たち家族の運命がかかっているのだ。

「そんなものは、中にはいません」

「へえ、じゃあ、中を見せてもらうくらい構わないだろう？」

魔道師はなおも食い下がる。

「知らない人を馬屋に入れられません！　騎士様の大切な馬をお預かりする場所ですから」

「宮廷魔道師長、ライル・ノワールを知らないの？」

「し……知りませんよ……」

（こいつ、魔道師長だったのか）

手強い相手が出たと思いながら冷や汗を流していると、馬屋の中から何かがトコトコと歩いてくる音がする。それは扉のすぐ近くまで寄って、ぴたりと止まった気配がした。

（や、やばいやばい）

きっとリルがフロルの声を聞いて、近寄ってきたのだろう。これでは扉を開けた瞬間、魔道師様とリルがすぐさまご対面となってしまう。

（リル！　お願いだから藁の中にすぐに隠れて）

祈るような気持ちでライルを見上げるフロルの耳に、突然聞き慣れた声が届く。

「きゅひひーん！」

（リル！　そこ、鳴くところじゃない！）

そんなフロルの気持ちなどお構いなしに、自慢げにリルはもう一つ鳴き声を上げた。馬の鳴き声をマスターできたのが、それほど嬉しかったのか。

子供は空気を読まないものなのである。とんでもないタイミングで、とんでもないことをするのが子供なのだ。

その声を聞いたライルの目が、訝しげに細められる。

「……馬？　まだ中に馬がいるのか？」

（騙（だま）されるんかい！　宮廷魔道師長、意外とちょろいな）

しかし、これはチャンスだ。このましらを切り通してしまおうと、フロルは思う。

「あ、あれは別のお客さんから預かった馬でして……」

「いずれにせよ、馬屋を検（あらた）めさせてもらおうか」

フロルはぐっと言葉に詰まった。

もうダメだ。そう思った瞬間、ありがたいことに援軍が来たことを知る。

「……おい、ライル、なんでお前がここにいるんだ？」

ギルがエスペランサを連れて、ライルの後ろに立っていたのだ。

「エ、エスペランサー！」

涙を流さんばかりのフロルに、馬が寄り添うように歩み寄る。

「……なんだ。ギルか」

ふたりは知り合いのようで、ギルは、ライルに呆（あき）れた目を向ける。

「お前、女の子相手に一体何を凄（すご）んでるんだ？」

（よしきた。この騎士様も使わせてもらおう）

立っている者は親でも使えと言うではないか。

フロルはわざと困ったように肩を落として、視線を地面に這（は）わせる。

「魔道師様が、馬屋の中を、どうしてもご覧になりたいんだそうです。そもそも、お客さんにお見せするような場所でもないんですけど……。まだ掃除もできていないし……」

ついでに、俯きながら唇を震わせるのも忘れない。そんなフロルに、ギルはますます同情する。

「お前なあ。こんな宿屋の馬屋の中まで見たいだなんて、少しは遠慮ってものを覚えたらどうだ？」

フロルの咄嗟の演技に、騎士様は上手く引っかかってくれた。

（ふふふ、そうだ。騎士様、その調子だ）

フロルは、腹の中で含み笑いをする。見かけは七歳でも中身は十六歳だ。

「馬屋の中を見るくらい、いいじゃないか……」

ライルが不満げに口を開いた、その時だ。エスペランサが、彼の服の端をがっと齧ったのだ。

「こら、エスペランサよせ！」

ギルが慌てた様子で言うが、エスペランサはライルの服をがっつりと咥えたまま離そうとしない。馬はライルの上等な服を、ムシャムシャと咀嚼しながら涎でべちゃべちゃにしていく。

（エスペランサ！　ぐっじょぶ。よくやった！）

フロルは心の中でぐっと拳を握り、静かに快哉を叫んだ。あくまでも、心の中でだ。表面上は気の毒そうな顔をするのを忘れない。

「ああ……もう、服が台なしだ」

苛立ちを含んだライルの呟きに、フロルはここぞとばかりに乗った。

この魔道師は思った以上に潔癖症のようだ。この千載一遇の好機を逃すまいと、気の毒そうな声を最大限に活用する。本当は、ざまみろと思っていることは内緒だ。

「まあ、大変ですねっ！　すぐ洗いますので、こちらへどうぞ」

そう言ってライルを連れて洗い場のほうへ移動すると、騒ぎを聞きつけた母がそこに来ていた。

「まあ、なんだか騒がしいと思ったら」

「母さん、このお客様がね、お洋服を汚されてしまったようなので……」

とりあえず母親にライルを押しつけ、すぐさま馬屋に戻る。すると、ギルはまだそこにいた。

邪魔者は去った。そして、馬屋には平和が訪れるはずだ。

「あの……どうもありがとうございました。……エスペランサを預かりますね」

ほっとしながら彼に手を伸ばす。

するとフロルの手に渡されたのは馬の手綱と、綺麗な紙でラッピングされた小箱だった。

「あの……これは？」

不思議そうに見上げるフロルに、ギルは恥ずかしげに頭を掻きながら言う。

「ちょっと隣の町まで仕事で行ったついでに、菓子店で買ってきたんだ」

そう言って彼はにっこりと微笑む。

「いつもエスペランサの面倒をよく見てくれているからな。その礼と言っちゃなんだが」

その小箱は、柔らかで薄いピンクの包装紙に、青くて綺麗なリボンで飾られている。開けると、ピンクやブルーなど色とりどりの砂糖菓子が中に入っていた。隣町の有名な菓子店のものだ。

「……いいの!?」

頬を染めながらキラキラした目で見上げると、ギルは満足そうに微笑みながら言った。

「もちろんだとも。好きなように食べて構わないよ」

あの魔道師と違って、この騎士様はなんて優しいのか。

フロルはふるふると感激して、可愛らしい包みのお菓子をありがたく受け取ることにした。

「ありがとう！」

「じゃあ、嬢ちゃん、よろしくな！」

爽(さわ)やかな笑みを浮かべて颯爽(さっそう)と立ち去るギルを見送り、フロルはエスペランサの手綱(たづな)を手に、馬屋の扉と向かい合った。

（魔道師様は扉が開かないって言ってたけど、おかしいな……）

そもそも施錠(せじょう)していないはずなのだ。

「ぴゅう……」

扉の向こうで、リルが竜らしい鳴き声を出した。リルの咄嗟(とっさ)のアドリブのおかげで助かったわけだが、扉が壊れているならば修理しなくてはならない。そう考えながら、フロルは馬屋の扉を引いた。

（あれっ？　扉、壊れてないじゃん）

扉はなんの抵抗もなく、いつも通りすんなりと開く。

さっきは魔道師がどんなに引っ張ってもびくともしなかったのに。

不思議なこともあるもんだとフロルは首を傾げる。

それからエスペランサの世話もそこそこに、フロルはギルからもらったお菓子の包みを取り出して、にんまりと笑った。

可愛らしくて美味しそうな砂糖菓子は、フロルのハートをがっちりと掴んだのである。


魔道師ライルがリルの居場所をかぎつけて、馬屋に襲来した日の夜。

また彼がやってきたら困るので、フロルはリルを自分の部屋に泊まらせることにした。

リルが騒がないかとビクビクしたが、一緒にいられるのが嬉しかったようで、リルは始終ご機嫌だった。

無事に朝を迎えてほっと胸を撫で下ろしたものの、やはりいつまでもこうしてリルを隠しておくわけにはいかないだろう。

そういうわけで、起きてすぐに、フロルは再びリルを連れて森の中へ入っていた。

リルを安全に隠せる場所を見つけようと、できるだけ森の深いところを目指したのが間違いだった。

どのくらい森の中を歩いたのか、フロルはもう思い出せなくなっていた。

そして気づいた時には、かなり奥深くまで来てしまったようで、すっかり道に迷ってしまった。

「はあっ。はあ……」

リルを抱えたまま、さらに歩く。息が上がり、体中汗まみれだ。かなり疲れてきたのをフロルは自覚していた。

それでも、とにかく道に出ることが先決だ。フロルは道なき道を、草をなぎ倒しながら歩く。

するると、やっとのことで少し開けた場所に出た。それは、どうやら獣道のようだ。どこにつながっているのかわからなかったけれど、それが道である限り、きっとどこかに続いているのだろう。

けれども、リルが安全に隠れられそうな場所はまだ見つからない。

フロルの腕の中で、リルは生真面目な顔をして大人しく抱っこされていた。

しばらく獣道を歩くと目の前の道が二手に分かれた。どちらの道に進むべきかフロルは迷う。

「きゅう？」

リルが小さな鳴き声を上げ、「どうしたの？」と言いたげにフロルの顔を見上げる。

「あはは、だ、大丈夫。道になんて迷ってないからね？」

冷や汗をかきながら、リルの前では平静を装った。

（なんだか同じところをぐるぐると回ってるみたい……）

夕暮れまでに戻らなければ、魔獣に襲われる。心配になって空に浮かぶ太陽を見上げれば、夕暮れにはまだ時間がありそうだ。

（さすがに疲れちゃった。少し休もう）

大きな木の下にリルを置き、フロルも木の根に腰掛けた。木陰はひんやりしていて気持ちがいい。

キラキラとこぼれ落ちてくる木漏れ日の下で、フロルは水筒から、リル用の容器に水を入れてやった。リルがそれを美味しそうにごくごくと飲み干している様子を見ながら、フロルも水筒から水を飲んだ。きりっと冷えた水がとても美味しい。

一息ついた後、フロルは眉根を寄せる。

（困ったな……）

帰り道がわからないので、フロルは頭を抱えていた。その時ふと周囲を見回して、辺りにうっすらと霧がかかり始めていることに気がつく。

「どうして霧が出てきたんだろう……？」

今日はよく晴れた日で、霧などかかるわけがない。しかも、その霧は白ではなく、なんだか黒い。

「リル、おいで」

ただならぬ気配を感じたフロルは、大慌てで近くで遊んでいたリルを呼び寄せた。リルがぴたりとフロルの足元にやってくる。

「ぴゅう……」

リルも心許なげに、小さな鳴き声を上げた。フロルがリルを急いで抱き上げて辺りを見渡すと、黒い霧はさらに色濃くなってくる。

今まで、チュンチュンと鳴き続けていた鳥たちがぴたりと鳴きやみ、怯えたようにばさばさと音を立てながら飛び去っていく。虫たちも静まり返っていた。

音が聞こえなくなってしまった森には、不気味な雰囲気が漂っている。

そして突然、周囲の気温が下がり始めた。まだ初夏だというのに、吐く息が白く凍る。

（どうしよう……なんだか変なことになってきちゃった……）

気がつけば、森の中一面に黒い霧が広がっている。

霧の中を闇雲に歩くと、崖から落ちたり、木の根っこにつまずいて怪我をしたりする可能性がある。

最悪、もっと迷うことになるかもしれない。

森に頻繁に入るフロルはそれをよく知っていたので、その場から動かず、霧が晴れるのを待つことに決めた。

フロルは用心して、大きな木の幹に背中を寄せる。背後から獣に襲われないようにするためだ。

ふと気がつくと、リルが腕の中で妙に震えている。

「リル、どうしたの？」

張りつめたようにリルの耳がぴんっと立つ。神経を研ぎ澄まして、警戒しているようだ。

「あ……霧が……」

霧の一部が固まり、濃淡のムラができ始めている。

それに気がついた瞬間、黒い霧の一段と濃い部分が、一瞬で狼に変わった。その狼は真っ黒な体に、ランランと赤く光る目をしている。

「魔獣……」

魔獣は魔物の一種で、獣の姿をしているものだ。これは狼なので、魔狼と呼ばれている。

おかしい。魔獣が日中に現れるなんてことはありえない。それに、霧が魔獣に変わるなんて、聞いたことがなかった。

魔狼は見る間に三匹、四匹と増えていく。

「やばい、囲まれた！」

フロルが慌てて逃げようとした時にはすでに遅く、五匹の魔狼に囲まれてしまった。

魔狼たちは真っ赤な目でフロルを見つめながら、口から泡のような涎をぼたりぼたりと垂らしている。

「や……やだ。何コレ？」

恐怖のあまり足が震えて、身動きが取れないフロルに、狼たちは一歩また一歩と、間合いを詰める。

得体の知れない魔獣を前にして、どうしたらいいのか、全く見当がつかない。そもそもこの魔獣は一体、なんなのか。

フロルが恐怖に押しつぶされそうになった、その時だった。

「きゅん！」

フロルの腕の中にいたリルが大きく一声鳴き、地面の上にぴょんっと飛び出したのだ。

「ダメッ。リルっ。こっちに来なさい」

フロルは慌てて声を上げるが、その声はリルには全く聞こえていないらしい。

リルはフロルをかばうように、狼の前に立ちふさがった。

「きゅうぅぅ……」

リルは、体を大きく見せるためにすっくと二本足で立ち、顎を上げ、可愛らしい翼を大きく広げた。そして、狼型の魔物をつぶらな瞳でぎゅっと睨む。竜の威嚇のポーズだ。

リルは大真面目な様子で狼と対峙しているものの、凄みというか、やはり迫力に欠ける……リルは可愛いのだ。

こんな状況ではあるが、フロルは小さく溜め息をついた。

どんな時でも、リルは可愛い。そもそも、子竜と狼では狼のほうが強いに決まっているのに、リルはフロルのほうを振り返ろうとしない。

狼はリルにじっと狙いを定めて舌なめずりをした。まずは、邪魔者を始末しようという魂胆だろう。

相手が竜の雛だと知ったからか、魔狼たちは優越感を滲ませながら、リルに牙を向けた。

「リルッ」

フロルが慌ててリルを抱き上げようと手を伸ばした時だった。リルが大きく息を吸い、一瞬息を止める。リルのほっぺが空気をためて大きく膨らんだ瞬間――

ゴオォォォッ！

リルが大きなブレスを狼に向かって吐き出したのだった。

呆然としてリルを見つめるフロルの前で、魔狼たちは一瞬で氷柱と化した。

氷になった狼たちは、次の瞬間ぱきりと軽い音を立てて粉々に砕け、まばゆい光を放ちながら消えてしまった。周囲の黒い霧も同様に凍り、キラキラした輝きを放ちながら消えていく。

（……これがドラゴンブレス）

フロルは呆気にとられていたが、すぐに我に返り、リルのもとへ駆け寄った。

「すごいっ。リル、すごいねっ！」

黒い霧はすっかり消え失せ、再び、森は普通の姿に戻った。虫はジージーと鳴き始め、何事もなかったかのように、雲の間からは明るい光が差し込んでいる。

フロルが誇らしげなリルを抱き上げると、それは不思議そうな顔をして、「きゅう？」と鳴く。

「おうちに帰らなくていいの？」と言いたいのだろう。

「帰り道がわかんなくなっちゃってね。でも、早く帰らないとまた襲われそうだし……」

まだ日暮れまで時間があるとはいえ、先ほどの狼のような魔物とまた出くわす可能性だってある。

内心では、かなり焦っていた。

そんなフロルの様子を見て、リルは「ぴゅう……」と小さく鳴く。そして、再びぴょんっと地面に飛び降りた。

「あ、リル、ダメだよ。ほら戻っておいで」

そんなフロルの顔を子竜は一度見上げて、突然フロルの足にぶつかってくる。

「ちょっと……リル……危ないっ。危ないってば！」

今はリルと遊んでいる場合じゃない。でも、リルの目はキラキラと輝いて楽しそうだ。

リルはさらにどんっと、一際大きなタックルをフロルの足にかましてきた。

「わっ……わわっ……」

バランスを崩したフロルが尻餅をつきそうになった瞬間、フロルのお尻の下に、リルが滑るように入ってくる。リルの上にとんっと座る形になってしまった。

「ちょっと、リル！」

悪戯にしちゃ、タチが悪い。フロルがリルを叱ろうとした、次の瞬間。

「きゅううぅう！」

リルは大きな声を嬉しそうに上げ、フロルを乗せたまま大きく空へ飛び立った……のではなく、ヨタヨタと飛んだ。その高さは、地上一メートルくらい……

「わ、わわわっ……と、飛べるのはわかったから、地面に降りて……」

「ぴゅうっ」

嫌だと言わんばかりのリルは、さらに高度を上げる。

フロルの姿は子供だが、子竜の小さな背中の上では心もとなさすぎる。ぐんと上昇した勢いで、ずるりと下へ滑り落ちそうになる。フロルは慌ててリルの首にしがみついた。結局その成り行きで、ぶらんとぶら下がる格好になってしまった。

「や、やだやだ。落ちるっ！　落ちるからやめて！」

リルの飛行はよたよたととても不安定な上、竜の背中は鱗で覆われていて、とても滑りやすい。

フロルはリルから落ちないように掴まるだけで精一杯だ。

気づけば、地上五メートルくらいの高さになっていた。落ちたら骨の一本くらいは折ってしまいそうだ。

大声で叫び続けるフロルにお構いなく、リルはキラキラと嬉しそうな顔をしながらそのまま木々の上を飛び続けた。時々、足が木の枝に引っかかるので、恐いことこの上ない。しかし、リルに高度を上げろと言えばもっと恐いことになりそうだ。

フロルはどうしようもなくなって、そのままリルにしがみついていた。

——森の上を飛び始めて十分。森の終わりが見え、見知った村が現れた。

「あ、うちだ」

ダーマ亭が視界に入る。

そういえば、とフロルは本で読んだことを思い出す。

リルを森のどこに置いてけぼりにしても帰ってこられるのは、竜の帰巣（きそう）本能のためだ。そしていつもあっという間に戻ってきたのは、空を飛んでいたからだろう。

リルは、ふんぬっと言わんばかりに頑張って飛んでいるが、やはりフロルは重かったのだろう。高度が少し落ちてきた。

「リル……無理しなくていいよ。早く降ろして」

そう言うフロルの視界に、見たくないものが入ってしまった。

「わっ。あれ、騎士団じゃ……」

ダーマ亭の先には、重騎兵たちが馬で移動しているのが見える。総勢八十名ほどで、その先頭には騎士団の旗を掲（かか）げた騎士もいた。

その中に、ギルとライルもいる。ふたりの間には、見たことのない人が馬に乗っていた。綺麗な服を着た男の人だ。

「うわあ！」

リルは、大好きなエスペランサがいるのを見つけて目を輝かせ、嬉しそうにパタパタと羽を動かす。

「こら、ダメだって！」

フロルが叫んでも、気分が高揚したリルは全く聞いていない。夢中になり、エスペランサに向かって飛び続けた。

「きゅう！」

エスペランサに気がついてもらいたくて、リルは大きな声で鳴く。

「リルっ、ダメだよ。あっちに行っちゃダメぇぇぇぇっ！」

旗を持った騎士のひとりが、その指を自分たちに向けて、何か叫んだのが見えた。と、同時に、リルがぐんと高度を下げる。フロルは、リルがこのまま騎士団の中に突入する気だと知った。

「いやあっ、ぶ、ぶつかるっ」

フロルの叫び声で、さらにたくさんの騎士が一斉に空を見上げた。騎士たちがとても驚いた顔をしているのが、はっきりと見える。

そして、フロルの予測通り、リルはそのまま一直線に騎士団の中に突っ込んでいった。

◇

時は少しさかのぼる。フロルが森の中をさまよっていた頃、ダーマ亭にほど近い麦畑の一本道を、総勢八十名の騎士団はゆっくりと進んでいた。

「なかなか見つからないものだな」

ミリアム王太子は、ギルとライルと馬を並べて歩かせながら、宿泊先である貴族の屋敷へ帰ろうとしていた。遠征に来ていた騎士団も、王太子を護るように周囲を取り囲んでいる。

遠征の表向きの理由は聖剣探しだが、ミリアムには氷竜を探すという裏の目的がある。

騎士団とともに丸一日かけて氷竜の雛を探索してみたが、結局見つけることはできなかった。ミリアムは肩をがっくりと落として、明らかに落胆している様子。

「目撃証言があるとはいえ、随分前の話でしょうから、なかなか居所を特定するのは難しいかもしれませんね。ここ一週間くらいは全く見かけないという話でしたし」

ギルが慰めるように言うが、その言葉はあまり彼の心には届いていないようだ。

「せっかく希少な氷竜を見つけられると思って来たのに、残念だ」

「まあ、こういうことには運の問題もありますからね」

「そろそろ切り上げて、王宮に戻られたほうがいいのではないですか？」

しょんぼりとするミリアムにギルがさりげなく切り出すと、ライルもそれに大いに頷いた。しかしミリアムは未練がましく口を開く。

「滅多にお目にかかれない氷竜の雛がいるんだよ。この機会を逃すのはどうかと思うんだがね」

ミリアムの趣味には困ったものだと、常々、ギルとライルは思っていた。魔獣を集めるのはいいのだが、それの面倒を見るのが大変なのだ。魔獣は危険で、人に危害を加えるものも多い。

「では氷竜は、引き続き騎士団に探させます。殿下は是非、お戻りになって……」

「雛は最初に名前をつけた人間を主人だと思い込むんだ。その後で主を交代することは不可能なんだよ」

氷竜は竜の中でも、人に対して心を開きにくい種だ。名前をつけて契約しないまま、連れ帰ることはできないだろう。だから自身で見つけなければダメなんだとミリアムは言う。

「なかなか難しいですね……」

ギルがそう言った瞬間、騎士のひとりが空を指さして叫んだ。

「あれを見てくれ！　二時の方向に何かがいる」

ライルが声の示した方向を見ると、子供が空を飛ぶ何かにぶら下がりながら、大声で叫んでいた。

「……あれは⁉　氷竜の雛じゃないか？」

先にミリアムの目に入ったのは、子供ではなく子竜のほうだった。小さな羽をパタパタと動かして、やっとこさ飛んでいる。

長年、探し求めた氷竜が目の前にいる。しかも、あの大きさならば、まだ雛であるに違いない。

氷竜の雛を手に入れることができる、千載一遇のチャンスだ。

「神は私を見捨てていなかった……氷竜を私に遣わしてくださったのだ……」

神の采配に感謝し、ミリアムは感動のあまり、何やら小さな声で呟く。

その一方、予期せぬ来訪者に対して、騎士たちの間に緊張が走る。

「こちらに向かってくる。全員抜刀し、持ち場にて備えよ」

騎士たちは剣に手をかけながら、対象物をじっと目で追う。ギルも同じようにそれを見つめ、目を見開いた。子竜にぶら下がっている人物が誰であるかを知ったからだ。

「……あれは、宿屋の嬢ちゃんか？」

そう気づくと同時に、ギルは彼女がこのあとどうなるか、容易に見当がついた。

ライルはすぐに外敵の侵入を阻むための結界を張るだろう。こちらに向かってくる者がなんであれ、王太子を守るのがライルたちの仕事だからだ。

それにぶつかれば、子竜ともども地面に落下する。あんな小さな子供が地面に落ちれば、大怪我を負うかもしれない。

そして次の瞬間、ギルの予想通りに、ライルは二本の指で印を結び、騎士団の一行を覆うように結界を張った。

子竜は、ライルが張った結界にぶつかる。

「きゅうっ」

子竜は驚いた声を上げ、五メートルほどの高さから真っ逆さまに落下した。

ギルは慌ててエスペランサの胴を蹴り、馬を前に進めた。子供が落ちてくるであろう場所を予測し、瞬時に移動する。

エスペランサもギルの意図を察し、素早く動いてくれた。

そのことに、ギルは心の底から感謝した。

◇

リルが騎士団に突っ込んでいった瞬間、フロルは何か透明のものにどんっとぶつかって、すごい衝撃を感じた。そして次の瞬間、リルとともに真っ逆さまに地面に落ちていく。

この高さから落ちたら、骨くらいは簡単に折れるだろう。怪我をしたら両親に叱られるな……と思いながら、フロルは地面に激突する寸前で咄嗟に目をつぶった。

「……あれ？」

フロルが最初に感じたのは、地面に落下した衝撃ではなく、ふんわりとしたものだった。

（もしかして、一足飛びに、天国に来てしまったのかな）

そう思いながら、ぎゅっと閉じた目を恐る恐る開ける。

フロルの目に飛び込んできたのは、日焼けした肌に、プラチナシルバーの短い髪、そして、精悍な顔。深みのある青い瞳が、フロルのことをじっと見つめていた。

「あ……あの……」

戸惑ったフロルが見ると、そこには困ったように笑う騎士の顔があった。

「嬢ちゃん、危なかったな」

あんなに高いところから落ちたフロルを受け止めたのに、エスペランサもギルも微動だにしていない。

「怪我してないか？」

優しげなギルの声が耳に心地よい。しどろもどろになって、一瞬で真っ赤になったフロルだったが、すぐに我に返った。

（そうだ、リル！　一緒に地面に落下したはず。怪我してないかな？）

「きゅうっ」

フロルと違って、リルは上手に着陸できたようだった。馬の上でギルに抱えられているフロルを見つけて、リルはものすごく不満げに鳴き声を上げる。

「はやくっ、雛を捕まえろっ」

そう聞こえたのと同時に、騎士たちが素早くリルを抱え上げた。

「きゅぅぅうっ、きゅうっ」

リルは身をよじりながら、抗議の声を上げる。

「傷つけないように紐で縛れ」

綺麗な男の人がそう命令したのが聞こえた。フロルが青ざめた顔でリルのほうへ視線を向けると、騎士たちがリルをロープで縛ろうとしている。

（リルが捕まっちゃう！）

リルを森に帰してやりたかったのだ。リルは大空を自由に飛ぶのがいい。檻なんか、リルには絶対に似合うものか。

「降ろして！」

フロルが身をよじってギルにそう言うと、そっと地面の上に降ろしてくれた。

「こらっ、大人しくしろっ」

騎士が手荒に扱おうとすればするほど、その腕の中でリルは暴れる。

「この子竜を押さえていてくれ」

数人の騎士がリルを力任せに取り押さえていた。フロルはそこに駆け寄る。

「やめて。その子をいじめないで」

咄嗟に騎士の間に割り入ろうとすると、騎士のひとりがフロルを強く押し返した。

「お前は引っ込んでいろ」

「わっ……」

フロルが地面にとんっと尻餅をついたのを見た瞬間、リルの目に怒りの炎が灯る。

自分の主に害をなそうとするものは許せない。そう言わんばかりの表情だった。

「きゅうううぅ」

リルは歯を食いしばり、頭を高く掲げ、唸るように低い声を上げた。リルが大きく息を吸った瞬間、フロルはリルが何をしようとしているか、すぐに理解した。

騎士たちに向かって、ブレスを吐こうとしているのだ。

「離れてっ！　リルがブレスを吐くからっ」

「なんだ？　ブレスだと？」

竜のブレスの攻撃を受ければ致命傷になる。いくら百戦錬磨の騎士でも、竜のブレスを食らえば簡単に命を落とすほどだ。

「全員、待避！　子竜がブレスを吐くぞ！」

緊迫した空気が騎士たちの間に流れた。彼らはリルを地面に放り投げて逃げたが、リルの怒りは収まらないようだ。

「やめなさいっ、リル！」

フロルは再び立ち上がり、リルのほうへ駆け寄りながら叱ったが、止まる気配はない。

最近のリルは、フロルの言うことを全く聞かない。

人を乗せて勝手に空を飛ぶとか、騎士たちに向かってブレスを吐こうとするとか——子竜だからって、好き勝手にやっていいわけがないのだ。

リルの頬が空気をためて、ぽっと膨らんだ。

騎士たちは顔面蒼白になりながら、大混乱に陥った。

「待避、待避！　ブレスが来るぞっ」

「待避するには時間がありませんっ！」

「うわあ！　ブレスが来る！　うぁあああ！」

騎士たちは地面にひれ伏し、盾で頭を守る体勢を取るが、その程度では竜のブレスの脅威から逃れられない。そのことは、全員がよく知っている。

リルの目前で彼らは身を硬くして、次の瞬間にも襲ってくるであろうブレスを覚悟する。

リルは容赦なくブレスを吐き出さんとする。

それを見たフロルは怒りのあまり頭が真っ白になり、何かがじじっと音を立てて焼き切れた。

「だからやめてって、言ってるだろうがぁぁぁぁ！　ごらあぁぁ！　このきかん坊の子竜がぁぁぁ！」

――そして、騎士たちの耳に入ってきたのは、ドラゴンブレスの轟音でも、強い衝撃波でもなく、さわさわと麦畑を揺らす爽やかな風の音。目に入るのは、さんさんと輝く太陽だった。

――子竜はブレスを吐かなかった。

ゆっくりと顔を上げた騎士たちの目に、思いもよらない光景が映る。騎士たちは信じられない思いで、目の前にいる小さな女の子と子竜を見つめた。

「えっと……私は一体、何を？」

フロルがふと我に返ると、騎士たちはみんな押し黙ったまま、蒼白な顔でこちらをひたすら見つめていた。

フロルは不思議に思いながら目の前にいるリルを見て、自分が無意識のうちに何をしでかしたのか、やっと悟った。

フロルはブレスを吐こうと膨らんだリルのほっぺを、両手でがっちりとつねり上げていたのだ。

「ぷすぅぅぅ〜」

リルはブレスの代わりに細くて長い冷気を吐き出した。膨らんだ頬は気が抜ける音とともにしぼんでいく。

綺麗な男の人は口を手に当てたまま、大きく目を見開いて微動だにしないし、ライルも驚いた顔をしてぴたりと止まっていた。

八十人もの騎士全員が身じろぎもせず、血の気が失せた顔で目を丸くしたまま、じっとフロルを見つめていた。

「……やば……やっちゃった……かも」

リルのほっぺをつねったまま立ち尽くしたフロルは、いたたまれない気持ちでいっぱいになり、とても気まずい思いで騎士たちを見返した。

「ドラゴンブレスを止めた……だと？」

「……なんてことだ。女の子がブレスを力尽くで止めたぞ」

そんな囁きとともに、驚きが騎士団の中に静かに広がる。

「嬢ちゃん、そのリルってのは子竜の名前か？」

最初に我に返ったギルが、心配そうに言った。

続いて正気を取り戻した騎士たちに、リルとフロルはぐるりと取り囲まれる。

「お前たち、この子にまだ手は出すな」

綺麗な男の人は、鋭い口調で騎士たちに命じる。

「殿下……」

殿下と呼ばれたその綺麗な男の人は、ギルがフロルに駆け寄ろうとするのを手で制して、フロルとリルの前に来る。

すると彼は感激したように口に手をやり、信じられないといった様子で震えた。

「初めてだよ。竜がブレスを吐こうとするのを見たのは……」

そんな男の人の後ろに立ち、ギルは納得できない様子で口を開く。

「どうしてお嬢ちゃんが竜に連れられているんだ？」

「この子を知っているのか？」

綺麗な男の人が、ぱっと振り返る。ギルは頷いて言った。

「はい、殿下。私が泊まっている宿屋の娘さんです」

「……これは、君の竜なのかい？」

綺麗な男の人は、フロルに尋ねる。剣を抜いた騎士たちも、彼女と子竜を戸惑った様子で代わる代わる見つめていた。

この国では、竜を所有したものには、厳罰が与えられるのだ。

フロルはもう隠れようがなくなって、途方に暮れて綺麗な男の人を見上げる。

（ああ……やっちゃった……）

フロルは何も答えられなかった。


それから半刻後、リルとフロルは、この町の領主の屋敷に連れてこられていた。

屋敷の一室の中央にある大きな机の前に、フロルはリルを抱（かか）えたまま座らされている。

テーブルを挟んだ向かい側にはライルとギル、それに綺麗な男の人。隣には書記官、そして領主がいるという超ＶＩＰな顔ぶれで、フロルの胸は緊張と不安でいっぱいだ。

そして、背中に変な汗が流れるのを感じながら、フロルはリルと出会ったいきさつからなにから、事細かに説明しなくてはならなかった。

「……で、子竜のプレッシャーに負けて、うっかり名前を与えてしまったと」

「……はい」

フロルが渋々その事実を認めた瞬間、綺麗な男の人は「はあ～っ」と溜め息をついてがっくりと項垂れる。ギルは「本当か……」と額に手をやり、天を仰ぎ見ていた。

フロルはわけがわからずきょとんとしながら、目の前の男たちを見た。その横では書記官が、ふむふむと頷きながら紙に色々書き込んでいる。

「ああ……じゃあ、もう竜との契約は？」

綺麗な男の人が、失望したような顔をしながらフロルに尋ねると、その向かいにいたライルが代わりに答えてくれた。

「名前をつけた以上、竜との契約はすでに成り立っているはずですね」

「くそっ。一足遅かったか」

綺麗な男の人が、悔しそうに言う。

フロルはなんと言っていいものかさっぱりわからない。膝の上のリルを抱き締めながら、ただ小さくなるより他にしようがない。

「……すみません」

小さく縮こまるフロルとは反対に、リルは大満足な様子でニコニコしながら、目の前の男たちをつぶらな瞳でじっと見つめていた。

今日はフロルと一緒にいる時間が長かったからだ。朝早くから森に行って今はもう日が暮れそうなので、ほとんど一日中一緒にいた。

「きゅう……」

リルが小さな声で鳴きながら、フロルを見上げる。「早くおうちに帰ろうよ」と言いたいのが、フロルには手に取るようにわかった。

「まだダメだよ。帰っていい、って言われるまでじっとしてて」

そう言うとリルは納得した様子で、フロルの膝の上で丸くなる。そのまま、うとうとと微睡んでいた。

書記官はそれを見ながら感心したように口を開く。

「随分大人しい竜ですね」

「さっき、ブレスを吐こうとしたんだけどね」

一方の綺麗な男の人は仏頂面で、ちょっと不機嫌そうに言った。

「そんな風には見えませんが……」

書記官はこの屋敷で待機していたようなので、あの現場は見ていない。彼はぴんとこない様子で、首を傾げる。

その時、突然扉が大きく開いた。

「あのっ、娘がこちらにいると聞いて来たのですがっ」

そこにはフロルの両親が血相を変えて立っている。

「父さん、母さんっ」

両親を見て、フロルはリルを抱いたまま立ち上がろうとしたのだが、すぐにライルに制された。

「フロル、君は座ったままでいて。子竜の機嫌を損ねたら危ないから」

「彼らがフロルのご両親です」

ギルがフロルの両親を綺麗な男の人に紹介する。

書記官が椅子に座るように促すと、彼らはおずおずとフロルの隣に座った。

場が落ち着いたのを見計らって、綺麗な男の人が再び口を開く。

「話を続けよう……。子竜を見つけた君は、子竜に名前をつける意味すら知らなかった。そうだろう？」

「意味って？　なんですか？」

きょとんとするフロルに、書記官が厳しい口調で叱責を飛ばした。

「殿下に向かってそのような口を利くな、小娘」

「殿下ですって？」

フロルの父が青ざめて叫ぶ。それを聞いた書記官が、厳かに頷いた。

「さよう。こちらはミリアム王太子殿下にあらせられる。平民の分際で、直々にお会いすることすら恐れおおいというのに」

「まあ、書記官殿。相手は小さな女の子だということをお忘れなく」

ライルが居丈高な書記官に向かって窘めるよう言った。

「……全く、だから文官というのは」

権威主義が大嫌いなライルは、文官に呆れて軽蔑の眼差しを向けるが、フロルの両親は床にひれ伏さんばかりの勢いで体を投げ出す。

「も、申し訳ございません、殿下。娘が無礼をいたしまして……それにまさかうちの娘が子竜を拾うなんて。娘には竜を飼うなどという大それた野心など、毛頭ございません。どうか、どうか、お許しくださいっ」

怯えたように言う父親に続き、母親も頭を下げる。

「殿下、なにとぞ寛大なご処置を」

ギルもフロルをかばうようにそう言った。

フロルは、先ほどギルがこの綺麗な男の人のことを「殿下」と呼んだのを聞いたが、本当に王太子だったとは思ってもみなかった。

恐縮するフロルたちを気にもせず、綺麗な男の人、もといミリアム王太子は話を続ける。

「それで、子竜との契約は終了してしまっているわけだが……」

「契約って……なんですか？　名前をつけたらいけないんですか？」

フロルが不思議そうに尋ねると、ミリアムが目を瞠る。

「本当に知らないのか？　今の子供たちはみな、竜との契約について教育を受けているはずだが……」

「この子は……学校に行っていないのです。竜を飼うことは罪であるのは教えましたが、契約の方法についてはは私たちも知らず……どうぞ、ご容赦くださいませ」

「しかし、竜と契約してしまった子供を放置するわけにはいかん」

隣に座っている書記官がとても機嫌悪そうに言う。ギルが取り繕うように口を開いた。

「……あ〜、あのだな。嬢ちゃんは、子竜に名前をつけてはいけないと知らなかったわけだよな？」

「そうなんです。うちの子は、学校に行ってなかったものですから、その辺の知識が不十分でして……」

フロルの父親はそう言いながら、今にも泣きだしそうであった。

「通常なら、竜と契約した平民は極刑。竜も同時に処分されるのだがな……ふむ……どうするかな」

目の前の子供はまだ小さくあどけない顔をしている。処刑するのはあまりにしのびなくて、王太子は困った顔で顎に手を当て、思案しているようだった。

「私にいい考えがございます、殿下」

そんな彼を見ながら、ライルが静かに口を開く。

「ほう。君の意見を聞かせてもらおうじゃないか」

王太子の許可を得た後、ライルは告げた。

「殿下の魔獣たちの世話係として、フロルを雇い入れるのはいかがでしょうか？　そうすればフロルとともに、子竜も殿下の資産となりましょう」

その言葉に、ギルも乗った。

「殿下、彼女のエスペランサの扱いは、王宮のどの馬丁にも引けを取らない見事なものです。それほど生き物の世話に長けております。それだけでも、彼女を雇う意味はあるのではないでしょうか」

ギルの言葉は、王太子にとっても都合がいいものであったようだ。

「ふむ……それはいい考えかもな。最近、世話係がひとり辞めたばかりだし」

王太子の深い緑色の瞳が、フロルをじっと見つめる。彼もどうやら彼女を雇うことに乗り気なようだった。

（えっ？　王宮で働くの？）

戸惑うフロルを置いてけぼりに、話はどんどん進んでいく。

「竜とは別件ですが、私が見たところ、フロルには少し魔力があるかもしれません」

ライルの言葉に、フロルの両親が驚いて声を上げる。

「この子は平民です。魔力などとは無縁のはずですが……」

魔力を有するのは貴族だけのはずだ。フロルもそれを聞いて驚いてしまう。

「それは本当か？　ライル？」

王太子が興味深げに彼を見る。ライルの濃紺の瞳が一瞬フロルを捉え、そして再び王太子へ向けられた。

「彼女の魔力に関してはもう少し時間をかけて精査しなければなりません。とりあえず殿下の魔獣の世話係として雇い入れていただければ、詳しく調べる時間もできるでしょう」

ライルは一旦言葉を切った後、一呼吸してまた口を開く。

「もしかしたら、竜騎士の素質があるかもしれません。きちんと精査した上での話になりますが」

「竜騎士？」

そう呟いた書記官の声に、微かな尊敬の響きが含まれているのをフロルは聞き漏らさなかった。

どういうことなのかよくわからなかったので、困ったようにギルを見つめる。彼はフロルの気持ちを察したようで、かいつまんで説明してくれた。

「竜騎士というのは、竜を操って戦う騎士のことだよ。俺たちは馬を操って戦うから、騎馬騎士と呼ばれているんだ」

「そう。竜騎士になるには、まず自分に使役できる竜がいるってことが大前提になるのだけれどね」

ライルもそう付け加える。

「竜騎士はまだ数が少ないのだが、我々にとっては貴重な戦力なんだよ」

王太子も、柔らかく微笑みながら補足した。

「それでは、娘が王宮に上がることになるのですか？」

母親は心配そうに三人に聞く。

「殿下がお許しになれば、そういうことになりますね。当分は私のもとで働いてもらうことになるでしょう」

ライルが珍しく穏やかな声で、フロルの両親を諭すように言った。それを聞いて、王太子は腹を決めたようだ。

「ふむ。面白いな。よし、そうしよう。フロル、君は王宮で私の魔獣の世話をするといい」

思いがけない展開になり、両親は額に冷や汗をかく。

「そ、そんな恐れおおく、滅相もありません。殿下の魔獣のお世話係など、うちの娘には務まりますまい」

「いや、彼女ならきっと大丈夫だと思うよ」

フロルの父親が慌てるが、ライルはやけに乗り気だ。

（王宮に上がるの？　リルと一緒に……？）

フロルが戸惑っているのを見て、ライルはこう切り出した。

「聞けば、弟さんは口が利けない病だとか。王宮に仕えれば、優れた医師に弟さんを診てもらうこともできるし、フロルに家庭教師をつけて学ばせることもできる」

王宮に上がれば、ウィルがお医者さんに診てもらえる。しかも、町医者ではなく優秀な医師に、だ。

フロルは一瞬で顔を明るくした。弟の病気をなんとかしてやりたいとフロルも頭を悩ませていたのだ。

「……それは、フロルにとっては最良の環境になりそうですね」

フロルの父も、深く頷く。

「もちろん、王宮勤めの給金は、村よりずっといいぞ」

たたみかけるように、ギルが楽しげにフロルに言った。

「お幾らくらいなのですか？」

フロルの父が心配そうに聞くと、ライルがちらと王太子を見ながら口を開く。

「月に銀三枚でいかがでしょうか？」

「ぎ、ぎ、銀三枚⁉」

フロルは素っ頓狂な声を出し、思わず椅子から落ちそうになるくらい驚いた。

村人の平均月収は銀一枚にも満たないから、それが破格の条件であることは明らかだ。

ウィルの治療費は銀八十枚。給金から生活費を差し引いても、四年くらい働けばウィルの治療費が貯まる。

たった四年で、ウィルの声を聞けるようになる。

「どうする？　フロル、私と一緒に王宮で働くかい？」

フロルは、ちらりとライルの顔を見上げた。

（……この人が自分の上司になるのか）

やや難がありそうな気がしなくもないが、それよりも、今のフロルには『毎月銀三枚』のほうがはるかに重要だ。

フロルは、ぐっと拳を握り締めて即断した。

「やる！　やります」

「じゃあ、これで決まりだな」

ミリアム王太子は満足そうに頷く。
こうして、フロルの思いもよらない形で就職先が決まったのであった。

第二章　王宮で働き始める

それから数日後、フロルは家族に見送られてダーマ亭を発(た)った。

今は聖剣探しを中断した騎士団とともに、王都に向かって順調に進んでいる。

フロルは馬に乗れないので、ギルと一緒にエスペランサに乗せてもらった。リルは飛んで一緒についてきたが、疲れるとエスペランサの頭の上にとまって、旅を気ままに楽しんでいる。

エスペランサは嫌がる素振りもみせずに、気持ちよくリルを受け入れていた。

旅慣れないフロルとリルに、騎馬隊の騎士たちはとても親切だった。リルも次第に騎士団の面々に慣れてきて、最後には騎士団のアイドルと化していた。

ダーマ亭を離れて何日目かに、ついに城壁の外からでも王宮がはっきりと見えるところまで来た。

「ほら、あれが王宮の門だ」

ギルがそれを指さすと、フロルは感心したような声を上げる。

「わあ、随分(ずいぶん)と大きいんですね」

城はごつごつした石の壁にぐるりと囲まれ、その中央には大きな鉄の門扉が二つの石柱に挟まれるように収まっている。

その石柱は見上げるほど高い。そびえ立つ鉄の門扉は、外部からの侵入者を一切許さないというように、固く閉ざされていた。

王太子を筆頭に、騎士団が門の前で止まる。

目の前で大きな鉄の門扉が音を立てながら、ゆっくりと開いていく様は壮観だった。その真ん中を王太子が先頭に立って進み、騎士団が後に続く。

きょろきょろと面白そうに王宮の内部を見ているフロルに、ギルは面白そうに笑う。

「珍しいか？」

「だって、初めて見る光景ですから」

「これから毎日、嫌というほど見ることになるぞ」

ぱっかぱっかと馬に揺られながら幾つかの門を通りすぎると、大きな石畳の広場に出る。そこにはたくさんの従者がいた。

頭を垂れて整列している彼ら従者は、王宮の中枢的な仕事を行う者で、主に王族の世話が仕事だ。彼らの他に、従者より地位が低い、清掃や料理を担当する使用人と呼ばれる者も王宮で働いていると、ギルはフロルに教えてくれた。

王太子が馬から降りたのに続いて、ライルやギルも馬から降りる。フロルもギルに降ろしてもらった。すると馬丁が慌てて手綱を受け取りに来た。馬たちはこれから馬屋へ連れていかれて、水をもらうのだろう。

「エスペランサ、ありがとうね？」

別れを惜しむかのように、エスペランサはフロルの頬に顔を寄せ、尻尾を機嫌よく揺らす。

「ん？」

フロルは思わず首を傾げた。エスペランサの手綱を受け取った馬丁の顔が、ヒクヒクと引きつっていたからだ。

（変なの。なんか怖いものを見たような顔してない？）

不思議そうな顔をするフロルを見て、ギルも苦笑いを漏らした。フロルは気にしないことにして、近寄ってきたライルへ視線を移す。ライルの後ろには、侍女が立っていた。

「フロル、お迎えが来たようだぞ。じゃあ、俺はここで失礼するな？」

ギルは中腰になって、しっかりとフロルの顔を見つめる。

「困ったことがあったら、いつでも俺に言え。いいな？」

そう言ってギルは立ち去る。彼の背中を見送った後、ライルはフロルの手を引き、侍女に紹介する。

「こちらは侍女のアイリだ」

「よろしくお願いします」

フロルがぺこりとお辞儀をすると、侍女は軽く頷いた。

「じゃあ、フロル。彼女の言うことをよく聞いて。リルは竜騎士が迎えに来るから、彼らに任せるといい。彼らは竜の面倒を見るのに長けているから、何も心配はいらないさ」

ライルはフロルの荷物を侍女に渡し、後は彼女に任せて行ってしまった。

フロルはリルを抱きかかえ、大人しく侍女の後に続く。しばらく歩いていると、侍女は急に足を止めて、驚いたように目を丸くした。

「まあ、あれはドレイク様……こんなところにいらっしゃるなんて、なんて珍しい」

その視線の先には、厳めしい感じの、背の高い男の人が立っていた。

肩幅は広く、胸板も厚い。フロルは彼の着ているかっちりとした騎士服を見て、なんとなく高い地位にいる人なのだなと察した。

「ドレイク竜騎士団長だ……どうしてこんなところに？」

周囲に静かなざわめきが広がる。

その人は、どういうわけかフロルのところにまっすぐにやってきた。そして目の前で立ち止まると、視線をフロルに向けた。

「フロルだな？　話は聞いている。アルフォンソ・ドレイクだ」

ドレイクは、黒い騎士服にブーツを履き、腰には短剣を装備している。

同じく騎士である朗らかで明るいギルと違って、彼は顔立ちは端整だが、陰鬱で思いつめたような雰囲気がある。

「あの……よろしくお願いします」

フロルが言うと、ドレイクは黙って頷く。

「では、子竜をこちらで預かろう」

彼はそう言ってリルに手を差し伸べるが、リルは嫌だと言わんばかりにフロルにひっしとしがみついた。

「きゅう……きゅううぅ……」

リルは絞り出すような声で鳴きながら、涙目でフロルに訴える。そういえば、リルを人に託すのは初めてだった。

リルと離れるのは心配だったが、ライルは大丈夫だと言っていた。その言葉を信じて、フロルは語りかける。

「リル……大丈夫だから。ほら、おじさんのところに行って」

それを聞いたドレイクは、少しむくれた顔で小さく呟く。

「俺は、まだ、おじさんではない」

「あ……すみません。リル、ほら、ドレイク様のところに行って」

リルは状況を察したようで、口をへの字に曲げながら、渋々ドレイクの腕の中へ移った。

「ほう、人間の言葉がわかるのか？」

リルを受け取ると、ドレイクは少し感心した様子だ。

彼は騎士らしく時間を無駄にしたくないようで、さっさと踵を返す。その時、リルを見る彼の口元には優しげな笑みが浮かんでいるのに、フロルは気がついた。人にはぶっきらぼうだが、竜は好きらしい。

これからドレイクはリルを連れて竜舎へ向かうのだそうだ。立ち去るドレイクの肩ごしに、リルが不安そうにフロルをじっと見つめている。

「リル、後で会いに行くからね？」

慰(なぐさ)めるように声をかけるフロルに、ドレイクはふと足を止め振り向きざまに口を開く。

「ああ、そうだ。フロル、夕の刻に竜舎に来い」

ドレイクは低い声でそれだけ言い残して、リルを連れていってしまった。

夕の刻までそんなに時間はないから、リルもそれほど心細い思いはしないはずだ。できるだけ早く竜舎へ行こうとフロルは思った。

ドレイクとリルを見送った後、侍女は事務的な口調でフロルに言う。

「フロル、ついてきなさい」

侍女の後を追って幾(いく)つかの回廊を渡り、連れてこられた場所は事務室のようなところだった。これから、王宮に上がるための書類の確認をするそうなのだ。

「その子が、今日から魔獣の世話係兼、馬丁(ばてい)ということですか？」

目の前で、苛(いら)ついている小役人風の中年男が言った。その男は王宮の勤め人を管轄(かんかつ)する事務官だという。

「ええ。そうですわ」

「書類には、十六歳とあるが……？」

怪訝(けげん)そうな顔をする男の前で、フロルは少し肩身の狭い思いをしていた。

確かに年は十六、明後日には十七になるのだ。けれども、見かけはまだ七歳くらい。なんと説明しようかと、フロルはもじもじしていた。

「それは……少し変ね？」

侍女が困ったようにフロルを見た。見るからに七歳くらいの子供が、書類上十六歳だというのはあり得ないと言いたいのだろう。

「おや、誕生日が明後日とあるが？」

事務官は、神経質そうにフロルを見た。

「はい。明後日、十七歳になります」

フロルが仕方なく正直に言うと、事務官はふふと笑った。

「この書類を書いたのはお嬢ちゃんかい？」と聞かれて、フロルは素直に頷く。

「見栄を張ることはないぞ」

彼はどう考えたのか、書類に何かを書き込んでいるようだったが、フロルには見えない。

戸惑うフロルに、男はさらに問いかける。

「それで、フローリアという名前もお嬢ちゃんが書いたのか？」

「はい。そうですけど？」

そのやり取りを見ていた侍女は、少し苛(いら)つき始めていた。

「フロルはこの後、ドレイク様とお会いすることになっておりますの。早くしていただかないと困ります」

彼女がぶっきらぼうに言うと、事務官も面倒くさそうな視線を向けた。

「ああ、なるほど。竜騎士団長がお待ちなのですね。それでは急ぎましょう。それで、この子はフロルと呼ばれているわけですな？」

男はぞんざいな調子で侍女と言葉を交わす。

「ええ、そうですわ」

侍女が頷くと、事務官は溜め息をついて言った。

「では、書類の登録は終わりましたので、行って結構です」

「そうですか。フロル、行きますよ？」

「はい。あの……ありがとうございました」

「君の書類の登録は完了だ。幸運を祈っているよ、お嬢ちゃん」

ドアの向こうに消えていく小さな女の子の後ろ姿を見送りながら、事務官はなげやりな仕草で書類を投げた。

◇

フロルが立ち去った後の事務所では、男たちが苦笑を漏らしながら、たった今提出されたばかりの書類の処理をしていた。

「またフローリアだってさ」

その対応をした事務官の部下が、その書類を受け取りながら溜め息をつく。上司が書き直した部分を再度、チェックし、読み上げた。

「名前はフローリアではなく、フロル。年は十六歳ではなく、もうすぐ七歳……と。いいんですか？　勝手に書類の記載を訂正して？」

「ああ。最近、本物のフローリア様を騎士たちが探しているって情報が、どこかから漏れたらしい。おかげでフローリアを名乗って城にやってくる女が多くて困る。全く、どいつもこいつもうんざりだ」

「世も末だよな」と嘲笑混じりの声で別の事務官も言う。

「ああ、いい加減なことを書くやつが悪い。あんな子供まで、年齢と名前を偽証するんだからな」

「じゃあ、ダーマさんのことは、フローリアでなく、フロルで登録しておけばよろしいんですね？」

「ああ、俺の言う通りにしておけ」

「……はい。わかりました。では、フロル・ダーマで雇用登録をしておきます」

部下の事務官は、書類を別の部署に運ばれる箱の中に入れた。

そしてその書類は、そのまま処理されたのである。

◇

フロルが手続きをしていた頃、ドレイクは自分の愛竜を広場に放し、せっせと出立の準備を始めていた。

竜騎士団の副団長であるキースがドレイクを見つけ、彼の後ろから声をかける。

「ドレイク様、これから適性試験を始めると伺いましたが」

「その通りだ」

「年端もいかない下働きの子供の適性試験に、わざわざドレイク様が出られることはないかと思いますが。よければ、私が代わりに行きましょうか？」

「いや。その必要はない」

ドレイクの口調は騎士らしく短い。

キースは彼のそんな無愛想な態度には慣れていたので、気に留めず続けて質問をする。

「今回、その子は氷竜を使役していると聞きましたが」

「そうだ。竜の中でも、最も人を忌み嫌う氷竜だ。使役するのは至難の業のはずだが、フロルがまるで母親であるかのように、あの子竜は懐いている」

ドレイクの返答にキースは目を見開いた。

「まさか、そんな」

「本当だ。しかも、あの子は魔力持ちだ。ライル殿からそう聞いている」

しばし口をつぐんだキースは、黒い笑みを漏らしてドレイクに言う。

「……なるほど。それで、貴方が直々に彼女の能力を見極めようということですね」

「その通りだ。竜騎士に向いているかどうか、私が直接判断する。それまで、彼女が魔力持ちであるということは、まだ伏せておいてくれ」

「はい。わかりました」

そんな話をしていると、フロルが侍女に連れられて、やっと竜舎に姿を現した。

◇

侍女に連れられて竜舎に来たフロルは、すでにドレイクが腕を組んで自分を待っているのを見つけた。

「来い」

ドレイクが突然フロルの手を取り、黙ったまま竜のほうへ向かう。

「は？」

そして、何がなんだかわけがわからないうちに、さっさと黒い竜に乗せられる。

「よし。グレイス、行くぞ」

ドレイクは竜の首を撫(な)でながら言う。

これがドレイクの竜で、グレイスという名前らしい。

フロルのすぐ後ろにドレイクがひょいと飛び乗った瞬間、グレイスが大きく羽ばたく。

「わあっ」

フロルが驚いて大きな声を上げた時には、竜はすでに空高く飛び立っていた。背中にはドレイクがいて、フロルをしっかりと支えている。

文字通りあっと言う間に、竜はかなり空の高いところまで上っていた。

（なんで、この人と竜に乗ってるんだろう？）

フロルは、今一つわけがわからず不思議に思う。けれど、そこに広がる光景に思わず目を奪われる。

フロルの眼下には、王都の美しい景色があった。

大きな城壁に囲まれた中には、建物がたくさん見える。その中で、いくつか高い塔が突き出ていた。どれか一つが王宮だろう。城壁の外には町が、その向こうには大きな森と平原が広がっていた。そのずっと向こうには海が見える。

太陽が西へ沈みかけ、地平線ははるか遠い。あかね色の空には一番星が浮かんでいる。

竜は安定して飛行していた。フロルは気持ちよさに目を細めて、頬を撫(な)でる風を楽しんでいた。

「怖くないか？」

ドレイクに聞かれるが、フロルは首を横に振る。

「全然、怖くありません」

「気持ち悪くはないか？　吐き気は感じないか？」

「大丈夫です」

フロルの答えを聞いて、ドレイクの端整な顔に満足げな笑みが浮かんだ。

ドレイクの愛竜のグレイスも、フロルを拒絶することなく、飛行している。

しばらくそのまま飛行を続けていると、ドレイクがフロルに言った。

「自分の魔力を使ってみろ」

「はい？　魔力って？」

「お前には魔力があると聞いた。ならば、それを使って竜を使役（しえき）できるはずだ」

「ええっと、魔力と言われましても……」

そんなものがあるなんて、一度も思ったことはない。使い方などわかるはずもなかった。

「手のひらを見てみろ、そこに何か感じるか？」

フロルはドレイクに言われた通りに手のひらを見る。強く意識してみると、なんとなくあたたかいエネルギーのようなものが、そこにそっとのっているのがわかる。

（これが、魔力……私に魔力があるの？）

「竜にその手を当ててみろ」

とりあえず言われた通りにしてみた。手のひらにあったエネルギーのようなものが、すうっと竜の中に溶け込む感じがする。同時に、体が安定したような気がした。

その様子を見たドレイクが、大きく頷く。

「そうだ。魔力を馴染（なじ）ませると、竜との絆（きずな）が深まっていく。そうすることで、騎竜時にその者が乗りやすいよう竜を操（あやつ）ることができる。魔力を流し込んでからグレイスがお前の気持ちを汲（く）むようになって、乗りやすくなっただろう」

確かに心許（こころもと）なさが消えた上に、バランスがとりやすくなった。風も幾分か和（やわ）らいだ感じがする。

「わあ、すごい」

フロルは楽しくなって笑った。

そんなフロルを見て、ドレイクは微（かす）かに形のよい口元を上げ、静かに微笑んでいた。

黒竜もフロルとの飛行を楽しんでいるようだった。

◇

その頃、ドレイクの部下である竜騎士たちは、空にいるふたりの様子を地上から心配そうに見上げていた。

騎竜に適した衣類である竜服(りゅうふく)を身につけ、騎竜とはどんなものかをきちんと説明した上で空を飛ぶ。それが通常の適性試験の仕方だ。

それなのに、ドレイクはその全てをすっ飛ばして、あっと言う間に子供を竜に乗せ、空高くまで行ってしまった。

「あの飛び方は、初乗りの子供には、かなりきついのでは？」

竜が飛び立つ際に感じる重力で、大抵の人間は吐き気を覚える。竜騎士の適性は、まずそれに耐えられるかどうかで決まるのである。

竜騎士のひとりが疑問を呈(てい)すると、キースも浮かない顔をする。

「ドレイク様のなさることだ。大丈夫だとは思うが……」

「大丈夫じゃないですよ、キース様。ドレイク様の『普通』は、竜騎士の俺たちにすら『普通』じゃないです。あの方は天才だから、それがどんなに俺たちにとって難しいのか、ピンとこないんですよ！」

悲痛な声を上げる部下を見て、キースは目を伏せた。

「確かにそうだ。ドレイク様は、意外と何に対しても無鉄砲で無頓着だからな……。しかし上空に行ってしまったら、もう誰もドレイク様を止められない。それは、お前たちだってよく知っているだろう？」

部下に苦い表情で頷いた後、心配そうな視線を上空に送った。

「それにしても、あの子は平気なようですね。普通なら、怖くて泣き叫ぶだろうに」

「あのドレイク様の飛行に、上手く適応しているのかもしれんな。だとしたら、すごいことだ」

ドレイク様が加減を間違えなきゃいいんだがな、とキースは呟く。

その予感は、見事に的中するのであった。

ドレイクはグレイスがフロルを乗せても決して嫌がらず、むしろ機嫌よく空を飛んでいることを確認した。
竜騎士団に所属する竜の中でリーダー格のこの黒竜は、気難しく、主人であるドレイク以外の人間を乗せることをよしとしない。
そのグレイスが、この子供には珍しく気を遣いながら慎重に飛行しているのを、ドレイクは好ましい目で見つめていた。

フロルは教えられたことを一つ一つ丁寧に確認しながら、飛竜術を軽々と身につけていく。

かなり高度を上げ、それなりに技量を必要とする飛行をしても、フロルが眉を顰めることはない。

（驚いた。これほどの上空でも、全然怯えていない）

それは、鬼才と言われたドレイクも驚くことだった。

フロルは魔力でグレイスを使役できていた。ドレイクが方向や傾きの舵取りをしてはいるが、十分ひとりでも乗りこなせそうだ。

これほど竜と相性がよい魔力の持ち主は自分以外では見たことがない。

ドレイクは、彼女ならもっと難度の高いことをしても大丈夫だと判断した。

気づけばどんどん高度を上げていた。上級騎士でさえ音を上げるほど難度の高い高度だ。しかし、ドレイクにとってはただの散歩道と違わない。

そしてフロルも、体調や気分に変化はないようで、楽しそうに飛行を続けている。

そうしてある程度の飛行をした頃、地平線上に月が昇る。もう十分、空を飛んだ。

「フロル、そろそろ終わりだ。下りるぞ」

ドレイクはそう言って、うっかり、いつものように竜を急降下させてしまった。

その頃にはフロルがあまりにも自然に騎竜をこなすので、彼女が生まれて初めて竜に乗ったことを、ドレイクはすっかり忘れてしまっていたのだ。その瞬間、フロルの体が宙に浮く。

「ひゃあっ」

フロルはいきなり下降するとは思わなかったので、びっくりして思わず両手を放してしまった。

騎竜は、上る時より下りる時のほうが難しい。

フロルにとって竜での下降は初めてだったことを、ドレイクは、やっと思い出した。

「くそっ。ここで手を放すか」

ドレイクは竜から落ちかけたフロルの腕を、ひょいっと余裕で掴まえた。

彼は経験豊富な竜騎士だ。そのくらいは朝飯前であったが、困った問題が起きた。フロルのチュニックの端が竜の鱗（うろこ）にひっかかったのである。

ドレイクはフロルをしっかり掴んだものの、彼女はずり落ちたまま宙ぶらりんになってしまった。

「わあ。落ちるっ」

「落ち着け、フロル。今すぐ引き上げてやる」

しかし、鱗（うろこ）にひっかかっているフロルのチュニックの端を切ったとしても、向かい風による風圧のため、このまま彼女を引き上げるのは難しそうだ。

「やだやだ。ドレイク様、放さないでっ」

フロルは怯（おび）えた声を上げる。

「大丈夫だ。フロル。落ち着け。今、下りてやる」

ドレイクは少しずつ速度を落としながら下りるよう、グレイスに命じた。

ドレイクはグレイスが指示に従っているのを冷静に確認し、空（あ）いているほうの手で腰にさしてある短剣を引き抜いた。

◇

その頃、竜は王宮の真上にさしかかっていた。たくさんの従者たちが、それを見て騒然としている。

「竜だ。ドレイク様の竜があんなに低空を……」

何か異常事態があったことは間違いない、と従者たちが思っていると、グレイスの側面に今にもすべり落ちそうな子供がいるのが見えた。

竜はとがった塔のすれすれを飛び、竜舎の近くの駐竜場を目指している。子供はぎりぎりぶつからなそうだが、みな心配そうな面持ちで彼女を見上げていた。

そして従者たちはさらに、ドレイクが子供に向かって短剣を振り上げたのを目撃した。

◇

「ド、ドレイク様、ちょっと待って！」

フロルが切羽詰まった声でドレイクに言うが、彼は聞く耳を持たない。

「いいか、今から裾を切るからな」

「いや、だから、パンツがっ、パンツが丸見えになっちゃううぅぅ」

地上から、みんなが自分を見上げているのだ。ここでチュニックの裾を切られてしまったら、パンツが丸見えになってしまう。いくら見かけが子供だといっても、フロルの心は純真な十六歳の乙女なのである。

「余計なことを言うな。パンツが見えたくらい、なんともなかろう」

ドレイクは呆れたように言うが、フロルはふるふると首を横に振る。

「いやあ、パンツがっ。パンツがぁぁぁ、みーえーるー！」

フロルの叫び声が王宮の上空に響き渡る。

そんな彼女を無視してドレイクは短剣を振りかざし、ざくりとチュニックを裂いた。

哀れにも、フロルはお尻を半分出したままドレイクに引き上げられ、竜の上に再び乗せられる。

ドレイクが切り裂いたのはフロルのチュニックだけではない。フロルの乙女心もざくりと切り裂いたのだ。

「パンツが……パンツが丸見え……」

フロルは泣き出したい気持ちを精一杯抑えていた。パンツが丸見えになった状態を、王宮にいた人たちからばっちり見られた。そのうちの何人かは、くすりと笑っていたのだ。

「王宮に上がったばかりなのに……」

竜が地面に降りた瞬間、フロルはこらえきれず、堰を切ったようにわっと泣き出した。

「うぐ……ひっく……パンツが……王宮のみんなにパンツ見られちゃった」

大粒の涙をぽろぽろと零すフロルを前に、ドレイクは呆然と立ち尽くす。こんな風に号泣する子供や婦人を、彼は今まで一度も見たことがなかった。

おろおろと戸惑った末、彼はフロルにこう言った。

「パ、パンツを見られたくらい、なんだと言うのだ。そもそも、お前のような小娘のパンツを見たくらいで、喜ぶような男はおらぬ！」

人はどうしていいかわからない時、キレることがある。ドレイクも実はそのような者であったことが判明したのだった。

「ドレイク様、フロルは無事ですか？」

キースと他の若い竜騎士たちがわらわらと駆け寄ってきた。

その傍らでフロルは相変わらずわんわんと大泣きし、時折むせている。ドレイクは困りきった顔で彼女を眺めていた。

さらに王宮の従者たちも周囲に集まってくる。

「ドレイク様」

ドレイクの背後で低い声が響く。ドレイクが振り返ると、ギルが立っていた。

「リードか」

「一部始終を見ていました」

ギルは溜め息をつきながら、一枚の毛布を手に、号泣しているフロルの背中に声をかける。

「フロル……災難だったな」

「わあぁぁぁん……」

ギルを見つけたフロルは、大泣きしながら縋るように彼の胸の中へ飛び込んだ。ギルはフロルを抱き締め、背中から毛布をかけてやる。

「ほら、毛布だ。もう、お前のパンツを見るやつはいないから安心しろ」

フロルを見つめる青い瞳は優しい。日焼けした顔には、子供を優しくあやしているような穏やかな表情が浮かんでいた。

ギルは毛布でフロルを包むと、涙と鼻水に塗れた彼女を抱き上げる。そしてハンカチで汚れた顔を拭ってやった。

「お前たち、見世物はもう終わりだ」

キースが周りの野次馬を追い払った。竜騎士に睨まれると怖いので、野次馬たちは蜘蛛の子を散らすように逃げていった。

ギルは、ドレイクに言う。

「少し羽目を外しすぎたようですね」

「……すまない」

ギルは心なしか気落ちしているドレイクをちらりと見た。しかしそれ以上咎めることなく、近くにいた従者にフロルの部屋を尋ね、彼女を連れていく。

フロルは新しい自分の部屋の中で気まずい顔をしながら、トイレでそそくさと着替えた。そして、もぞもぞとベッドによじ上り、何も言わずにギルが持ってきた毛布にくるまる。

パンツ姿をさらしたフロルの精神的ダメージは相当だ。顔だけ毛布からちょこんと出して、ションボリとする。

けれども、そんな姿が余計に可愛らしいとばかりに、ギルは微笑んだ。

その時、頃合いを見計らったように、侍女がホットミルクを持ってきてくれた。

「ああ、侍女殿。ご苦労だったな」

ギルは椅子に腰掛けたまま侍女が立ち去るのを待って、改めて口を開く。

「フロル、災難だったなあ」

フロルの瞳は、まだ涙が乾ききらずに濡れたままだ。両手であたたかいミルクを持ちながら、一つ、大きな溜め息をついて言う。

「……もういいです」

「まだ来たばかりなのにドレイク団長が適性試験をするなんて知っていたら、止めていたんだが……」

「それはなんですか？」

「竜騎士団の入団試験みたいなもんだ。騎士の中でも竜騎士というのは花形なんだが、かっこよさに憧れた才能のないやつが志願することが多くてな。だから試験をして、それに耐えられたやつだけが入団を許可されるってわけだ」

けれども、とギルが間を置いて、再び口を開く。

「ドレイク団長とお前が騎竜していたのは、上級騎士用のコースだった。適性試験では、もっと易しい軌道を辿るのだが……普通なら、ドレイク団長だってあんな無茶はしないはずだ。上空で一体何があった？」

心配そうな顔をするギルに、フロルは正直に言う。

「ドレイク様に言われたことを幾(いく)つかこなしていくうちに、段々、竜と一緒に飛んでいるのが楽しくなって……。それで、気がついたらすごく高いところまで上がっていて……」

「ドレイク団長は次第に難度を上げていったというわけか……一応気を遣ってはいたんだな。それで、なんであんなことになった？」

「突然、竜が下降したんです。まさか、そんな下り方をするなんて知らなくて。びっくりして、つい手を放しちゃって……」

なるほどな、とギルは眉根を寄せる。

「竜服というフライト用の騎士服を着ていたら、あんなことにはなってなかっただろうな。その格好は、どう考えても騎竜に向かないだろう」

それにしても、小さな女の子に騎竜させるとはいかにもドレイクらしいと、ギルは苦笑して続けた。

「ドレイク団長は騎士の家に生まれて、男の世界しか知らない朴念仁(ぼくねんじん)だ。女の子の服が騎竜に向かないことなんて、頭から完全に抜け落ちていたんだろう」

「私もまさか竜に乗るとは思っていなかったんですけど……」

けれども、フロルは竜の上から見た素晴らしい景色を忘れていなかった。それを思い出して、少しだけ口の端が上がる。ギルはそれを見て、口元を和(やわ)らげた。

「で、竜との飛行は楽しかったわけか」

「はい、とっても。ずっと向こうに地平線が広がっていて、それは素敵な光景でした」

竜で飛ぶのはとても素晴らしかった。竜はとても親切だったし、フロルをびっくりさせるようなことは、急降下以外では全くなかった。ギルはうんうんと頷く。

「そうか。騎竜が楽しくてよかったな」

そこで、フロルのお腹がぐぅ～っと鳴った。

「あ……」

気づけば、夕食の時間はとっくに過ぎていた。

恥ずかしがるフロルに、ギルは優しい口調で言う。

「腹が減ったろ。夕食はここで食べるといい。俺が飯を持ってきてやるから、ここで待ってろ」

ギルが部屋を後にするのを見送りながら、フロルはベッドの上に腰掛けたまま、ぼんやりとしていた。

今日は色々なことがありすぎた。

なんだか、心がすり減ってしまったような気がして、フロルはそのままゴロンと横に転がった。

ギルがくれた毛布があたたかいのだけが、心を落ち着かせてくれる。ふっと溜め息をついていると、コンコンとドアをノックする音が耳に入る。きっとギルが夕食を持ってきてくれたんだろう。

「どうぞ」

そう声をかけると、ドアから顔を覗(のぞ)かせたのはドレイクだった。

「ドレイク様……」

窓の外から満月の明るい光が差し込んでいる。その月明かりに照らされた彼の顔には、反省の色が濃く浮かんでいた。

「……先ほどは、すまなかった」

フロルは起き上がって、毛布にくるまったままもぞもぞとベッドの端に腰掛ける。ドレイクはその前にすっと片膝（かたひざ）を立てて優雅な所作で跪（ひざまず）いた。騎士らしい仕草だった。

「グレイスも、お前との飛行を楽しんでいた。私もお前がついてこられるとは思わなくて、つい、羽目を外してしまった」

黙って彼を見つめるフロルの前で、彼はぽつりぽつりと言葉を口にする。寡黙（かもく）な騎士であるドレイクは、喋（しゃべ）ることは苦手なようだ。

「副団長のキースに散々怒られた。女の子の気持ちを全然わかっていないとな」

ドレイクはそう言って、後ろに隠し持っていたものをそっと差し出した。それは、淡い紫色と白色のベルフラワーの可愛らしい花束だった。フロルは思わず目を奪われる。

「綺麗……」

「許して欲しい。私が悪かった」

彼の低い声には、心からの反省と謝罪の気持ちが含まれている。フロルにもそれがよくわかった。

「……ありがとうございます」

花束を受け取ろうと彼女がそっと手を伸ばすと、彼は優しくそれを手渡してくれた。花束にそっと顔を近づけると、とてもいい匂いがする。

彼の誠実な謝罪を聞いて、フロルはとても優しい気持ちになった。

この人はぶっきらぼうで無愛想だが、悪気があるわけではない。それに、彼の竜とともに空を飛べたのは、とても楽しかった。

「あの……なんて言ったらいいのかわからないんですけど、花束も謝罪も受け取らせていただきます」

フロルが少し口の端を上げて笑いかけると、ドレイクは明らかにほっとしたような顔をする。

「もう大丈夫なので、気にしないでください。パンツを見られちゃったことは少し……ううん、すごくショックだったけど、もう忘れることにします」

「そうか……よかった」

彼の端整な顔に浮かんだ笑みはとても魅力的で、心臓がドキドキと音を立てる。滅多に笑わない人の笑顔は、心に響くものだ。

「あ、あの」

何か言おうとしてドレイクを見上げた時、ドアがばんっと開いた。そこにはギルが、フロルの夕食を手に立っていた。

「ドレイク団長……」

フロルとドレイクの間に流れている微妙な空気を感じたのだろうか。ギルは驚いたようにふたりを見つめた。

彼の顔はどことなく傷ついているように見える。フロルはそんな彼の姿を見て、何故だかほんの少し胸が痛んだのだった。

◇

ギルが食事を持ってフロルの部屋に戻ってくると、ドレイクは跪いており、彼女は花束に顔をうずめ、真っ赤な顔で彼を見つめていた。ドレイクの顔には見たことがないような甘い微笑みが浮かんでいた。

思いがけない来客を前に、ギルは一瞬狼狽した。とにかく何か言わなくてはと口を開く。

「まさか貴方がこちらにいるとは思いませんでした、ドレイク団長」

ギルはドレイクからフロルへ視線を移す。

「それで、聞くまでもないとは思うが、その花束は？」

「ドレイク様が持ってきてくれたんです。さっきのお詫びにって……」

返ってきたのは予想通りの答えだった。先ほどまではこの部屋にそんな花束はなかったのだから、ドレイクが持ってきただろうというのは少し考えればわかる。

しかし、あの鬼団長のドレイクが、わざわざ花を森で摘んで、年端もいかない女の子に「お詫び」と称して渡しているのは、全くの予想外だ。

騎士団の連中に話したら、絶対に作り話だと思われるだろう。

紫色の鈴のような花には、ギルにも見覚えがある。その花は香りが素晴らしくとても綺麗だが、森の奥深くにしか咲いていないはずだ。

(ドレイク団長が竜を飛ばして、フロルのために花を摘みに行ったのか)

彼が森でせっせと花を摘んでいる姿を考えただけで笑いそうだ。

「私の用は済んだ。邪魔をしたな、フロル」

ドレイクはフロルの前からすっと立ち上がる。その顔からは、先ほどの甘い表情はすっかりと消え失せ、いつも通り冷静だった。

「私はこれで失礼しよう」

堅苦しい口調で言い、ドレイクはさっさと部屋を後にする。

ギルは胸の奥に微かな憤りを感じながら、考えた。

ドレイクはいきなりフロルを自分の愛竜に乗せて空を飛んだ上に、お詫びとして花束まで持ってきた。部下を泣かせる度にそんなことをしていたら、世界中の花を使いきっても全然足りないはずだ。これまで数え切れないくらいの連中が、ドレイクの厳しい訓練によって涙を流しているからだ。

では、何故フロルにだけ花束を持ってきたのか。

ギルは急いでフロルの夕食を小さなテーブルの上にのせ、フロルに言う。

「飯を食ったら、トレイは部屋の外に出しておけ。侍女に回収させておく」

そして、ドレイクの真意を確かめようと、ギルは慌てて彼の後を追った。

「待ってください。私も一緒に行きましょう」

ギルが声をかけると、数メートル先を歩いていたドレイクが振り返る。

「私に何の用だ？」

冷たい声と、尊大な態度はいつもと同じだ。これが、この男のいつもの姿なのだ。

「フロルのことで少しお伺いしたいことがあります」

ドレイクは顔色一つ変えずに立ち止まり、無言のままギルに向き合った。話せ、ということだろう。ギルはそう解釈し、口を開く。

「今日、貴方(あなた)がフロルを騎竜に連れていった理由をお伺いしたいのです」

「竜を使役(しえき)できる人物がいた場合、竜騎士としての適性を調べることが私の仕事だ」

ドレイクは素直に目的を口にする。けれども、ギルはそれだけではないはずだと確信した。

「それで、あの子の適性はどうだったのですか？」

「彼女は、すんなりと私のグレイスを使役(しえき)した。とても珍しいことだ。君も知っている通り、竜はきわめてプライドが高い。竜騎士団の頂点にあるグレイスが彼女を認めたのだ」

「だから、竜騎士としての適性はある、と？」

「その通り。しかし、それだけではない。彼女が契約したという竜の適性も合わせて考えなければならない。子竜がもう少し大きくなったら、子竜の適性も調べるつもりだ」

今度はギルに、ドレイクが質問する。

「……君は、フロルの保護者ではないはずだ。どうしてそんなに彼女のことを気にかける？」

「あの子は、俺がここに連れてきたんです」

確かに、ギルはフロルの保護者ではない。

けれども、ギルの胸の中には何かが引っかかっていた。

フロルに対して、保護者の抱く感情とは違ったものがあるような気がする。それは言葉にできないが、何か特別な絆のように、ギルは感じていたのだった。

◇

ギルとドレイクが話し込んでいる頃、フロルは夕食を綺麗に食べ終え、大急ぎでお茶を啜っていた。

リルのことがずっと気になっていたからである。

それに、もうすぐリルの晩ご飯の時間なのだ。

フロルは、食器ののったトレイを言われた通りに廊下に出してから、自分の荷物をごそごそと探す。

「ああ、あった。ブール草！」

根っこから抜いて小さな鉢に移植し、丁寧に梱包したおかげで、ブール草は青々として、葉の先もぴんっと立っている。

王宮への移動中にも夜な夜な水をやり、世話をかかさなかったことも幸いした。

「これを植えて育てる場所を見つけておかなくっちゃ……」

この苗を増やして大量生産したら、リルだけでなくエスペランサにもあげられる。

エスペランサは他の餌も食べられるだろうが、ブール草が好きなのだ。

ブール草の葉をざっとナイフで刈り取り、手早く袋に入れる。ここと竜舎はそう遠くないはずだ。

フロルは宿舎を出て、竜舎へ向かう。しかし、いくら歩いてもそれらしき建物は見当たらない。

「うーんと……おかしいなあ。この辺だったはずなのに」

ひとり呟きながら竜舎を探すが、どうにも辿り着かない。

(もしかして、道に迷った?)

方向感覚がなさすぎる、と自分でも呆れながら、きょろきょろと辺りを見回す。すると近くに竜舎とは違う建物があった。誰かに道を聞こうと、その中をそっと覗き込む。そこには騎士団の馬がたくさんつながれていて、その馬たちにフロルも見覚えがあった。

(あ……馬屋なんだ。それも、ギル様の騎馬隊のだ)

「おい、お前。ここで何してるんだ!」

突然、後ろから怒鳴られて振り返ると、そこにはまだ年若い男の子が立っていた。

十五歳くらいだろうか。手には干し草の入ったバケツを抱えているから、きっとこの馬屋の管理をしている子だろう。

「……あの、竜舎の場所がわからなくなって」

フロルが緊張しながら答えると、男の子は合点がいったという顔をする。

「お前が、みんなが言ってた新入りだな? たしか、フロルっていう名前だったよな?」

男の子に言われて、フロルは顔をぱっと明るくした。

「うん。もう私のことを聞いているの？」

「ああ。俺はカイって名前だ。馬に餌をやったら、俺が竜舎につれてってやる」

「わあ、ありがと！」

カイは、少し肩を揺らしてまんざらでもないような顔をし、ついてこいと仕草で示した。せっかくなので、フロルもカイが馬に餌をやるのを手伝ってやる。彼の仕事が少しでも早く終われば、その分リルに早く会えるからだ。

「馬たちと知り合いなのか？」

カイに問われて、フロルは頷く。

「うん。ギル様……じゃなくて、リード隊長の騎馬隊と一緒に来たから……」

「じゃあ、もうあの馬は知ってるよな？」

カイは一際大きくて、黒い馬を目で示した。

「いいか……あれはな」

カイが口を開こうとした瞬間、フロルは勢いよくその馬へ駆け寄る。

「おい、危ないから、そんなに近寄っちゃダメだ。踏みつぶされるぞ！」

カイは慌てて、フロルを掴まえようとしたが、間に合わなかった。フロルはあっと言う間に黒い馬――エスペランサの足元に駆け寄っていった。

◇

「ああ、ダメだ！」

これから起きる悲劇に耐えられそうになくて、カイは咄嗟に目をつぶる。しかし、何の音も悲鳴も聞こえない。恐る恐る目を開けると、そこには驚くべき光景があった。

「エスペランサ！　久しぶり」

フロルがスリスリとエスペランサにすり寄り、長い首を撫でてやっていた。

エスペランサも気持ちよさそうに目を細めて、フロルの愛撫を楽しんでいる様子。長い尻尾が楽しそうに、ゆらゆらと揺れている。

「嘘だろ……」

エスペランサはあんなに懐っこい馬じゃないはずだ。

驚いたことに、いつもは尊大な顔で馬丁を見下ろしている馬が、フロルの身長に合わせて頭を垂れている。しかも、フロルはそんなエスペランサの首元にしっかりと抱きつき、すんすんと匂いを堪能していた。

「おい、早くその馬から離れろ。危ないぞ！」

「なんで？　大丈夫だよ？」

カイは絶句したまま、ニコニコと笑うフロルをまじまじと見つめる。

「そうだ、エスペランサ。お土産があるんだ」

フロルは思い出したように言うと、持っていた袋の中から草を少し取り出した。

「少しだけど、おあがり」

「嘘だろ……？」

カイは目の前の光景が信じられなかった。

（あのエスペランサが……戦場で鬼神のように走り回り、どんな刃も炎も恐れることのない馬が……馬丁たちを怯えさせるあの馬が……ペットみたいに女の子の手から、草を食べてるじゃないか！）

さらにフロルが持っていた草を見て、カイはますます驚いて目を見開く。

「その草……」

「ああ。ブール草だけど？」

平然と言うフロルに、カイは唖然とする。

ブール草は、幻とも言われる薬草だ。それはとても手に入りにくく、貴重なのだ。

「その草の価値を知ってるのか？　それは貴重なものなんだぞ」

それを聞いたフロルは大きく笑った。

「あはは……それはないよ。だって、森の中ではどこにでも生えてるよ？」

「そんなことない。珍しい香草なんだぞ？」

「えっ……そうなの？　これ、どこにでも生えてたから、てっきり雑草なんだと思ってた」

フロルは気まずそうに笑いながら言う。

「うちは街道沿いで宿屋をやっているんだけど、うちに泊まっていく時、エスペランサにはいつもこれを食べさせてたよ？　他の馬もみんなそうだよ？」

ギルが率いるリード騎馬隊は、遠征の際、他の騎士たちとは違い庶民の宿に泊まるのだということを聞いたことがある。何故、精鋭中の精鋭と呼ばれるリード騎馬隊が、何の変哲もない普通の田舎宿を定宿にしているのかと疑問に思っていたが。

（馬にブール草を与える宿屋が、普通の宿屋でなんかあるもんか）

それに、確かこの子は、子竜と契約しているとも聞いた。

（ブール草に、子竜……エスペランサが懐く様子からいっても、この子は規格外だ）

カイはしばらく呆然としていたが、気を取り直して、馬の世話を再開する。

そして馬屋の仕事を終え、ふたりは竜舎へ向かう。

一緒に歩きながら、カイはもうすぐ十六歳になることや、十四歳の頃に叔父のつてを頼って、王宮で働き始めたことなどを話した。お互い好きな動物やエスペランサの話などをしているうちに、フロルとカイはすっかり打ち解け合っていた。

「……あのさ、フロル？」

カイが呼びかけると、フロルは首を傾げた。

「うん？　なあに？」

「困ったことがあったら、なんでも俺に相談しろ」

「ありがとうね、カイ君。必要があったらそうさせてもらうよ」

フロルが微笑んでくれたので、カイも口元を緩める。

そして、ふたりが大きな建物の角を曲がると、その道のずっと先には大神殿がそびえ立ち、その前に何やら人だかりができていた。

「あれはどうしたの？」

フロルに尋ねられ、カイが答える。

「ああ、あれか。なんでも女神様の生まれ変わりが現れたって、朝から結構な騒ぎになってるらしい」

「そうなの？」

「女神様の生まれ変わりが王宮にいるって神託があったらしいんだ。それで、侍女のひとりがそうなんじゃないかってさ」

「ふうん」

その人込みをぼんやりと眺めていると、神殿の階段の上から自分たちを眺めている娘が見えた。それが女神様の生まれ変わりだと噂されている侍女らしい。

茶色の髪に、浅黒い肌。神官たちに囲まれながら、彼女は誇らしげに顔を輝かせている。

「女神様って、もう少し、こう……雰囲気が優しいと思ってたんだけどな」

「そうだな。神話の女神様はもっと……こう……」

カイもフロルに同意し、何か言おうとしたが適当な言葉を思いつけなかった。そのため話は終わりとばかりに再び口を開く。

「まあ、俺たちには関係ないけどな」

「そうだね」

ふたりは女神騒動を遠巻きに眺めながら、さっさと先へ進んだ。

やがて一つの建物の前で、カイが足を止める。

「ほら、ここが竜舎だ」

カイが竜舎の扉を開けた、その時。

「きゅうっ」

フロルが来るのが待ちきれなかったのだろうか。リルはパタパタと羽を動かし、フロルの胸の中に勢いよく飛び込んできた。

「ああ、リル、寂しかった？」

「きゅう、きゅう……」

フロルが話しかけると、リルは甘えた声で鳴いて彼女に縋りつく。

「へえ。これが子竜なのか。可愛いなあ」

動物好きなカイも、珍しくて覗き込む。するとリルはカイを一瞬見上げ、胡散臭そうな顔をして彼をすんすんと嗅ぎ回っている。

「カイ君が珍しいみたい」

フロルがふふと笑いながら言うと、カイは少し照れた顔をしながらも、じっと動こうとしない。

「どうしたの？　固まって」

「こういう時は、動かないほうが動物の信頼を得やすいんだ」

カイの目論見通り、リルはすぐに彼に慣れたようだった。

「きゅっ」

リルは、満足げに小さく鳴くと、よろしくねと言いたげに、カイの肩に飛び乗る。カイは、どうやらリルの審査に合格できたようだ。

カイが嬉しくなって周りを見回すと、どの竜もいつもより機嫌がよさそうだ。

「ほら、他の竜もお前を歓迎しているぞ」

カイに言われて、フロルも周囲を見回す。

いつの間にか、他の竜たちがフロルとカイをぐるりと取り囲んでいた。赤い竜、緑色の竜など、形も大きさも様々だ。

そんな光景にフロルがびっくりしていると、カイはなんてことないような顔をして笑う。

一匹の竜がフロルに鼻を近づけ、フロルのおでこにちょんっと触れる。

「う……これは？」

フロルがカイに解説を求めて視線を向ける。カイはこれが竜の歓迎の仕方なのだと解説した。

リルはカイの肩からパタパタと飛び上がって、フロルに挨拶した竜の頭の上に、ちょこんと乗った。

「そうか。こいつらもリルと仲良しになったんだな」

フロルがいない間、他の竜たちがリルの面倒を見ていてくれたのだと、カイは言う。

リルも王宮で上手くやっていけそうだと、フロルがほっと胸を撫で下ろしたのを、カイは笑顔で見守ったのであった。

◇

そして、翌朝からフロルの仕事が始まった。

朝一番にフロルが連れてこられた場所は、昨日ドレイクとすれすれを飛んだ、あの塔だ。

その塔の最上階に、ライルの執務室があるのだという。彼に、フロルは呼び出されたのだ。

魔道師長の部屋らしく、執務室は広々としていた。天井も五メートルはあろうかと思うほど高い。

そこでライルから王宮のルールを簡単に教えてもらったのだが、あっという間に終わって、拍子抜けする。

（……説明が簡単すぎやしませんかね、ライル様？）

フロルの訝しげな視線に気がついたのだろう。ライルはとってつけたように言い足した。

「まあ、細かいことは、おいおい覚えていけばいいよ」

なんだか、ものすごくいい加減な気がする。

（魔道師長なのに、そんなんでいいの？）

しかしライルの言葉よりも、フロルにはずっと気になることがあった。

ライルはものすごく見目麗しく、清潔感に溢れているのに、整理整頓が致命的なくらい下手くそらしい。彼の執務室に入ってからそれが判明するまで、ものの数秒しかかからなかった。

散らかり放題の部屋を、フロルはぐるりと見回す。

広々としたライルの執務室には、天井まで届きそうなほど高い本棚があり、そこにぎっしりと『何か』が詰まっているのだ。

普通、本棚に並んでいるのは『魔術書』とか、『書物』のはずだ。しかしライルの本棚には、なんだかわけのわからないものがたくさん詰め込まれているのだ。床の上にも変な魔道具がそこかしこに転がっている。

そしてライルの机の上にも、色々なものがごちゃごちゃと積み上げられている。

やたら不気味な道具があると思えば、すごく綺麗な紫色の光を放つ精霊のような生き物が、ふわふわと空中を漂（ただよ）っている。さらに、見たことのない植物がとぐろを巻いてうごめいている。植物が動くわけがないのだが、それは動いているのだ。

「ああ……あれか」

フロルの視線に気がついて、ライルは溜め息混じりに言う。

「あれは、昨日、失敗した魔術の成れの果てだよ」

色々実験してみたいことが多くてね、と笑うライルを見て、少しヒンヤリした感覚が背筋を走る。

「さて、気分を変えて……だ」

ライルがフロルに真面目な顔で向き合う。

「君の仕事をずっと考えていたんだけどね。色々役割があるからややこしかったんだけど、君を王宮第一飼育舎係の見習いに任命することにしたよ」

要するに、王宮で飼っている動物や魔獣全般を世話する係である。ミリアム王太子が所有する魔獣も、全て第一飼育舎に入っているそうだ。

三ヶ月もすれば、見習いから立派な第一飼育舎係に昇格できるという。

「そうそう。これを侍女頭から預かってる。飼育舎係の制服だよ」

ライルから手渡された制服を、フロルは両手でありがたく頂戴した。

それから自室に戻り、そそくさと着替えてみた。

見習いの衣装はそれほど派手ではない。とはいえ麻でできた平民の服と違って、今までフロルが着たことのないほど着心地がいい。何よりとても柔らかく、手触りがいい。

フロルは新しい制服にうきうきしつつ、今度は飼育舎係の詰め所へ足を向けた。


詰め所の中で、フロルはスタッフ全員の前に立っていた。

飼育舎係長から紹介してもらい、ぺこりと頭を下げる。

第一印象は大切だ。できるだけ、感じのいい笑顔を作るように心がける。

「フロルです。よろしくお願いします」

フロルが元気よく挨拶すると、みんな気持ちよく歓迎してくれた。

「嬢ちゃん、よろしくなー」

「魔獣の世話をよろしく頼むな」

「困ったことがあったら、俺たちになんでも遠慮なく言ってくれよ」

「はいっ」

自己紹介を終えると、フロルはカイに連れられて、早速、王太子のコレクションである魔獣が飼われている一角へ足を向ける。

昨夜出会った少年カイは、なんとフロルと同じ第一飼育舎係だったのだ。

第一飼育舎は王宮の部屋の中でも奥深くにある。カイは部屋の扉の前まで来ると、がさごそと手にしていた袋の中から鍵の束を取り出した。

「いいか、今から部屋に入るけど、勝手なことするなよ。危ないからな」

子供に言い聞かせるようにカイが言った。フロルも神妙な面持ちで頷く。

中に入ると、部屋は思ったよりずっと大きい。

「……あれがブラッドベアで、あれはマジックウルフ」

カイが指さして教えてくれる動物を、フロルは面白そうに観察する。

「へえ……これが……」

「ブラッドベアは生き物の血液しか口にしない。マジックウルフは、幻覚を使って狩りをするんだ」

「えー、無茶苦茶危ないね」

フロルが驚いて言うと、カイは浮かない顔で頷く。

「……だから、第一飼育舎係のほとんどがすぐに辞めていくんだ」

「辞めなかった人は、今どうしてるの？」

「魔獣に襲われて怪我をしたか、精神的な問題を抱えたか、どちらかだな」

「ええっ！　……ということは、今の係は……」

「フロルと俺だけだよ」

それをどうしても言いたくなかったようで、カイは小さな声で呟いた。

「……そっか」

言葉少なになったフロルに、カイは励ますように言う。

「ほら、俺がカバーしてやるから、お前は後ろで見てるだけでいいぞ」

「ううん、大丈夫！　だって、私、このために雇われたんだし」

何しろ、月に銀三枚という高給取りなのだ。世の中、決して甘くはないなとフロルは思う。高給取りにはそれなりの覚悟が必要なのだ。

「無理すんなよ。いざとなったら……」

カイが心配そうに言った瞬間、ふたりの後ろから澄んだ声が聞こえた。

「そういう時は、私の出番だよ」

「あ、ライル様……」

「最初から君たちに丸投げするほど、私が無責任だと思う？」

黒の魔道師のローブに身を包んだライルが、フロルたちを見てにっこりと笑う。

「魔獣が君たちに危害を加えないように、前もって術をかけておいてあげるよ」

「えっ、そんなことができるんですか？」

カイが驚いた口調で言う。

「ああ、もちろんさ。今朝、たまたまそういう術があったな、と思い出してね……」

(今頃思い出したんかい……)

フロルは心の中で思わず突っ込んだ。

今までの犠牲者は一体なんだったのかと、カイもがっくりと肩を落としている。そんな魔術があるなら、もっと早く言って欲しかったことだろう。

今朝、寝起き一番にライルが思い出したのは、古代魔術の一つで、魔獣の魔力を使えないようにする魔術だという。

「けれども、この魔術はあくまでも魔獣の魔力を封じるだけだ。後は普通の獣と変わらないから、気をつけるんだね」

ライルは魔獣に術をかけて簡単な説明をした後、会議だと呼びに来た副魔道師長とともに姿を消した。部屋の中は再び、カイとフロルだけになった。

「じゃあ、仕事を教えるからな。よく覚えておくんだぞ」

フロルはカイについて、魔獣を観察する。

フロルが興味津々(きょうみしんしん)で見つめると、魔獣たちは檻(おり)の中からじっと見返す。

「今日は妙に大人しいな」

いつもはカイを見つけるや否(いな)や、威嚇(いかく)してくるという。けれどフロルが見る限り、凶暴だという魔獣たちは、とても穏やかな顔をしていた。

「あれに一番気をつけなきゃならないんだ」

そう言ってカイが指さしたのは、全長三メートルの三ツ目の大蛇。大蛇は鎌首をもたげ、フロルから目をそらすことなく、じっと見つめている。

それからしばらくの間、フロルはカイが魔獣に餌をやったり、獣を一度外に出して檻の中を掃除したりするのを手伝った。

フロルが要領よく仕事を覚えていくのを見て、カイはひゅうっと口笛を鳴らす。

フロルはカイに言われたとおり、一生懸命に仕事をこなしていた。


それから数日経ったある日のこと。

カイとフロルが一緒に働いていると、カイが何気ない様子でフロルに声をかける。

「なあ、フロル。後でちょっと手伝って欲しいことがあるんだけど」

「うん、なあに？　カイ君」

「これから、厩舎用の飼料が通用門のところに届く予定なんだけど、それを厩舎に運び込むのを手伝ってくれないか？」

カイとフロルの担当は、王太子の魔獣がいる第一飼育舎だが、動物の飼育舎や厩舎の仕事をすることもあった。

「もちろん。いつ行くの？」

「できるだけ早く行こうと思ってる。今日は、ほら、厩舎係の爺さんがひとり、腰を痛めて休んだだろ。だから手が足りなくて困ってたんだ。ありがとう。助かるよ」

そういうわけで、フロルはカイと一緒に、王宮の通用門の傍へやってきた。飼料を荷車にのせる作業を、門番たちも手伝ってくれた。

「ああ、そうだ。カイ」

荷物を積み終わったカイに、門番は思い出したように言う。

「今日は女神様が王族の方々に会いに行く日だ。大通りをお使いになるから、粗相のないように気をつけろよ」

「ああ、わかってるって。それって、三の刻の後だろ」

カイは「まだ時間に余裕があるから」と返事をした。そして馬を連れて荷車を引きながら、厩舎へ向かう。

フロルは、カイのサポート担当だ。たとえば、車輪が石に引っかかったら、少し後ろから押してやるとか、狭い道の先に荷物が置かれていたら、それをどけるとか、そんなことをしていた。

荷車は石畳の上をガタゴトと右に左に揺れながら進んでいく。

通用門から厩舎へ行く道は裏通りで、歩いているのは王宮の使用人や従者ばかりだ。城門から一直線に伸びる大通りは、王族や騎士や貴族、神殿関係者のような限られた特権階級の者しか通れないためである。

しかし一ヶ所だけ、従者や使用人たちも大通りを横切らなくてはならない場所がある。その場所に、まもなくふたりは差しかかろうとしていた。

「やべえ。ちょっと遅れ気味だ」

カイは少し焦りながら足を速める。

フロルとカイは大きな荷車を引きながら、大通りを急いで横切ろうとした。

その時、荷車の車輪が石に引っかかって外れてしまった。

支えを失った荷台は、勢いよくがくんと下に落ちる。そのせいで、高く積まれていた藁が崩れ落ち、道の真ん中にバラバラと散らばった。

「あちゃー、まずいな。どうして、よりにもよってこんな時に……」

カイがぶつぶつ言いながら、外れた車輪を拾いに行く。その傍らで、フロルも一生懸命に藁を拾った。

運の悪いことに、荷車が立ち往生した場所は、王宮にまっすぐ続く一番大きな道のど真ん中だった。

悪いことは重なるもので、その時ちょうど、女神様と神官がその場所を通りかかってしまったのだ。

「おい、こんなところで何をしている」

とても意地悪そうな初老の男が、馬から降りてくる。彼が口をへの字に曲げながら、カイに文句を言っているのをフロルは近くで見ていた。

「あ、すみません。すぐに動きますので」

カイは謝るが、その男は吐き捨てるように言う。

「……ふん。何かと思ったら獣遣いか」

『獣遣い』というのは、飼育舎係を見下す時に使う蔑称だ。

カイはぐっと拳を握り締め、頭を下げている。

「バルジール大神官、何事です？」

大神官と呼ばれた男の後ろからベールをかぶった女性が馬車から降りてきて、フロルたちの近くへ来た。

その女性がベールを上げて顔を見せると、大神官は媚びへつらうように、白々しい笑みを浮かべる。

「いえ、女神様。貴女様がお気にかけるほどのことではございません」

この人が女神様なのか、と、フロルたちは一瞬、女性を見上げた。すると浅黒い顔をした女性は、くすりと小馬鹿にしたように笑う。

「いやだわ。どうして『獣遣い』がこんなところにいるのかしら！」

飼育舎係を馬鹿にされたようで、フロルはなんだか腹が立った。それなのに、カイは土下座して、地面にへばりつくように頭を下げる。

「すみません。ほんっとに申し訳ありません、大神官様。俺たちはすぐに立ち退きますので、どうかお許しください」

カイが平謝りしているのに、何故か大神官は激高していた。カイとは全く関係のないことで、虫の居所がとても悪かったようだ。

「……ふん。獣遣いの分際で、その卑しい身を女神様の前にさらすなど。身の程をわきまえぬ愚か者め」

大神官はそう言うと、土下座しているカイの手の甲を、靴でがっと踏みつけた。

「くっ……」

カイの顔が苦痛に歪む。けれども、しがない飼育舎係が大神官に逆らって、ただで済むはずはない。

それを知っているカイは、じっと押し黙ったまま耐えている。

そんなカイの姿を見て、大神官は意地悪く笑っていた。

フロルは、カイに対する酷い扱いに驚いて、思わずその後ろにいる女神だという女性に助けを求めるように視線を向ける。

きっと女神様は、この老人をいさめてくれるだろう。

そう思っていたが、彼女は眉一つ動かさず、平然とした顔でその様子を眺めている。

「……神官の前に立ちふさがるから、そうなるのよ」

女神の口からそんな言葉が漏れる。フロルは彼女を唖然として見つめた。

（なんて酷い人だろう。子供の手を踏みつけて平気でいるなんて！）

フロルは思わず口を開こうとする。カイがそれに気づいて、すぐさまフロルの腕をむんずと掴んだ。

カイは何も言わないでくれという目を向け、フロルに懇願する。フロルは王宮の上下関係をまだ十分に理解していなかったが、カイの願いを汲(く)んでぐっと言葉を呑み込んだ。

「今日はこのくらいで許してやる。これからは気をつけるんだな、小僧」

バルジールは地面に転がったままのカイを蔑(さげす)むように見下ろして言い捨てると、また馬に乗って、女神と一緒に王宮へ去っていった。周囲には、大勢の人たちが集まり、その様子を眺めている。

その中にはフロルとカイに哀(あわ)れみの視線を向けた人もいたが、誰も大神官に逆らえずに、ただ黙って見ているしかなかった。

「カイ君、大丈夫？」

フロルがおろおろしながらカイの前にしゃがみ込むと、彼は心配させまいと、指を曲げたり伸ばしたりして見せてくれた。

「大丈夫だよ。ほら、骨は折れてないだろ？」

「そうだけど……でも……」

それでも、カイの手は赤く腫(は)れている。かなり強く踏まれたのだろう。

泣きそうな顔で心配するフロルに、カイは言う。

「フロル、悔しいだろうけど、我慢してくれ。なっ？」

これでは、どっちが慰(なぐさ)められているのかわからない。カイは優しい声で続けた。

「俺たちみたいな下っ端の使用人なんて、そんなもんだよ、フロル」

「うん、でも、悔しくない……？」

フロルが気持ちを抑えきれずに言うと、カイは諦(あきら)めたように笑う。

「使用人たちは、ああいう上の人たちとは違うんだ。俺たちなんか所詮使い捨てさ」

「あの人たち、一体、何者なの？」

フロルが問うと、カイは、さらに詳しく宮廷事情を説明してくれる。

「あれは、バルジール大神官だよ。後ろにいたのは、最近女神だって認定された人だ。正式には、フローリア・マリアンヌ・ド・レルマっていう名前の、子爵令嬢なんだってさ。でも、みんなはアンヌって呼んでるみたいだ。以前は下級侍女だったんだけど、神託で女神が王宮に現れたって言われてすぐ、急に取り立てられてね」

「下級侍女って何？」

「王族の世話をするのが上級侍女。その人たちを世話する侍女たちの、さらに使いっ走りってところかな」

「じゃあ、あんまり偉くなかったんだ」

フロルが驚きながら言うと、カイは首を縦に振る。

「ああ。下級侍女なら俺たちと同じように、この大通りを歩くことすらできなかっただろうな。けど、バルジール大神官や女神様となると、全然立場が違うんだ。何しろ、女神様は神様だから、王族よりも偉いことになる。バルジール大神官はその女神様に仕えてるって立場だし、この国中の神殿のトップだろ？」

「じゃあ、ライル様は？」

「ライル様だって、宮廷魔道師のトップだから、この大通りを大手を振って歩くことができるよ。

いざ魔術戦になった時には、国で一番強い人だしね。騎士団よりも強いし」

「え～、ライル様って偉いんだね」

「俺たちとも頻繁に会ってるから、あんまり実感ないんだけどな」

ライルのすごさを改めて実感した後、フロルはさらに女神と大神官のことについて教えてもらう。

カイが言うには、女神を擁護する大神官たちは王宮の中でかなり幅を利かせているらしく、あちこちで傲慢な振る舞いをしているのだという。特に目下の者への風当たりはきついのだとか。

でもさ、とカイは顔を上げて、フロルに言う。

「俺はこの仕事のおかげで、とても助かってるんだ。俺の家は父ちゃんがいないから、俺が頑張って、家族を養ってやるしかない。他の仕事に比べれば、飼育舎係の仕事は給料もいいし、待遇だってさほど悪くない。王宮の外の仕事はもっと酷いんだよ。フロル、お前だって働かなきゃいけない事情があるんだろう？」

フロルはその言葉を聞いて、弟のウィルのことを思い出す。

どんなに悔しくても、やはり王宮の仕事は実入りがいい。ここで働かなければ、ウィルの治療費には絶対に手が届かない。

それに、リルのことだってある。リルと一緒にいるためには、王宮の竜舎で面倒を見てもらうのが一番いい方法なのだ。

「……そうだね。カイ君。本当にそうだ」

ぽつりと呟いたフロルの肩を、カイは元気づけるようにぽんぽんと叩く。

「不満にばかり目を向けていたら、ロクなことになりゃしない。嫌なことが一つもない仕事なんて、世界中を探し回っても、きっとどこにもない。フロル、つまらないことにこだわってないで、車輪を直して、さっさと帰ろうぜ」

カイは明るく笑いながら、腫れ上がった手をかばいつつ、荷車に車輪をはめ込んでいる。

カイ君は偉いんだな、とフロルは感心した。それから一緒になって手伝っていると、飼育舎係長が大慌てで飛んできてくれた。誰かが飼育舎係長に知らせてくれたのだ。

「大神官ともめたと聞いたが、大丈夫か？　カイ」

「ああ、その……ちょっと手を大神官に踏まれましたけど、平気です」

「その怪我を見せてみろ」

飼育舎係長がカイの手を取り、怪我を丹念に調べる。

「あ〜、こりゃ、しばらく仕事はできそうにないな。お前、すぐに医務室に行って治療してもらえ」

「いや、俺、このくらい平気っす」

「あのな、俺が治療しろって言ったら、治療しに行くんだ。いいな！」

飼育舎係長は髭もじゃのおじさんだったが、いい人だなとフロルは思う。

飼育舎係の人は、基本的に人にも動物にも優しい。こんないい人が多い飼育舎係を嫌うなんて、大神官は人格が破綻しているのだ。

「カイ、お前の怪我の治療費は、王宮が出してくれるぞ。もちろん、その怪我のせいで休んでいる間も、給与が支払われるように申請してやる」

飼育舎係長の言葉に、カイの顔がぱぁっと明るくなる。

「そんなことができるんですか？」

飼育舎係長は、大きく頷いて答えた。

「ああ、もちろんだ。バルジール大神官の暴行による負傷という形で申請することになるがな」

そして、飼育舎係長がカイの怪我（けが）を見ている間に他の飼育舎係がやってきて、荷車をさっくりと回収していってしまった。

フロルは何もできず、ただそれを見送るのだった。

◇

その後は大した事件も起こらず、フロルは毎日、仕事に精を出していた。

そして、ついに待ちに待った給料日がやってきた。

フロルが朝、詰め所に行くと、飼育舎係長から小袋を渡される。中には給与と、そこから差し引かれた諸費用の明細が入っている。

飼育舎係の給与は銀三枚であるが、まだ見習いなので、銀二枚。そこから食事代や税金、宿舎料などが引かれて、フロルが得たのは銀一枚と銅貨が何枚かだった。

フロルはそれを大切に懐（ふところ）の中に入れる。

ウィルの治療費は銀八十枚だから、まだまだ道のりは長い。このままでは、あと四年くらいはかかるだろう。

ウィルの治療を始めるのは、早ければ早いほどいいと医師は言っていた。声帯が完成してしまう前のほうがいいそうだ。けれども、今のフロルにはこれが精一杯だ。

ほんの少し気が遠くなりそうだったが、コツコツ貯めていくより他に方法はない。それに、全く手が届かないよりは全然ましだ。

フロルは今日も頑張ろうと決意する。

持ち場に向かおうとすると、飼育舎係長から呼びとめられ、カイが少し遅れて出勤することを伝えられた。大神官に踏まれた手が完全に治りきっていなくて、カイは時々、医者に立ち寄ってから出勤している。その日もそうだった。

「仕事を先に進めておいてくれ。フロル、頼むな」

飼育舎係長に言われ、フロルは力強く頷く。

「はい。じゃあ、今日はカイ君の分もやっておきます！」

「最近、頑張ってるじゃないか。フロル」

そんなフロルに、上司はにこにこと微笑みかけた。

「では、早速、仕事に行ってまいります！」

びしっと襟を正して出かけるフロルの背中を、飼育舎係長が見送る。そんな彼に、別の事務員が声をかけた。

「あ、飼育舎係長。昨日カイが書いた報告書、ここに置いておきますね」

「ああ、後で目を通しておく。ありがとう」

その報告書には、三ツ目の大蛇の檻の鍵が壊れそうなことが書いてあったのだが、飼育舎係長はそれをちらっと見ただけで、大して気に留めずに見回りに出てしまった。


フロルは、ひとりで張りきって仕事をしていた。最近は、厩舎の手伝いをしてから王太子の魔獣部屋へ向かうように言われている。

フロルはやる気に満ちているので、いつもより速いペースで厩舎の仕事を終え、魔獣の世話に着手することにした。

フロルは今まで、ひとりで魔獣部屋で作業をしたことはなかった。本当はカイが来るまで待っていたほうがいいのだが、魔獣たちはいつもとても大人しい。今まで一度もフロルの手を煩わすことはなかったから、ひとりでも大丈夫だと思った。

まずは、マジックウルフの檻の掃除をしようと、鍵を開ける。その中でマジックウルフは、うとうとと眠りかけているところだった。

「ほら、ちょっとー、どいて！」

魔獣は面倒臭そうに薄目を開けてフロルを見た。そして言われた通りに檻の隅っこに移動して、また目をつぶってうたた寝をする。

マジックウルフは、フロルに興味が全くないようだ。

魔獣は通常通り大人しいので、フロルも調子よく仕事のスピードを上げていく。それから順調に作業を進めて、二匹の魔獣の世話を終わらせた。

もう少し頑張って、カイの分まで仕事をしておこうと額の汗を拭う。

（ふぁ〜。今日はいい仕事をたくさんしてるな！）

仕事を完璧に終わらせて、カイのびっくりした顔を見るのが楽しみだ。

そんなことを考えていたためか、フロルは周囲に対する注意が少しだけ散漫になっていた。

「さてさて、次のブラッドベア君は……と」

フロルは掃除道具を持ち、ブラッドベアの檻の点検をする。

その背後では、檻の中で蛇が尻尾をぴんと立ち上げて、びりびりと体を震わせていた。けれどフロルは全然気づかず、次の檻を開けようと鍵を探した、その時だった。

「えっ？」

フロルの左足に何か柔らかいものが当たる。ふと振り向くと、なんと、フロルの左足に蛇の尻尾が絡みついているではないか。大蛇は檻に閉じ込められているはず。そう思って視線を向けたところで、フロルは恐怖で固まった。

「ひえっ。扉が開いてるっ⁉」

檻の鍵が壊れて扉が薄く開き、そこから大蛇が抜け出してきたようだ。

「いや、嘘でしょっ！」

フロルは慌てて足から蛇の尾を外そうとしたけれど、大蛇の頭はすでに目の前にまで接近していた。

（う、うそっ、うそうそぉぉぉ!!）

蛇は何重にもどんどんフロルの足に巻きついていく。

いつもは緩慢な動きをしているくせに、「どうしてっ！」と言いたくなる素早さだ。

フロルは辺りを見回したが、カイはまだ来ていない。部屋にいるのは自分だけだ。部屋から少し離れているところに騎士は控えているが、そもそも彼らの仕事は、部屋から逃げ出した魔獣を捕獲、または殺処分することであり、飼育舎係を護ることではない。

「あ……やばい」

あっと言う間にフロルは大蛇に体をぐるぐる巻きにされてしまった。不思議と苦しくはないが、かろうじて、巻きついた蛇の間から二本の手をにゅっと突き出すのがやっとだ。

「だ、誰か……」

助けを呼ぼうにも、あまりに怖くて声が出ない。

もうダメかもしれないと思い、フロルは涙目になりながら、ダーマ亭の家族のことを思う。

せめて弟のウィルの声が出るようになるのを見届けたかった。

他にも色々な考えが頭をよぎる。

昨日もらった美味しそうなケーキ、全部、食べておけばよかった。

この前、ライルの魔道具をちょっぴり壊してしまったことも正直に申告しておけば、天国に行きやすかったかもしれない。

そう考えているうちにも三ツ目の蛇がぐんぐんとフロルに顔を近づけてくる。

（ああ……もうダメだ。これから天国に行くのだろうか）

フロルは観念して目をつぶった。

――そして数分後、フロルはまだ生きていた。

（ああ、よかったー。まだ食べられてない）

相変わらず蛇に巻きつかれているものの、どこも痛くも苦しくもない。むしろ布団にぐるぐる巻きにされているようで、あたたかくて心地よい。

（あれ……？）

ふと我に返ると、鎌首をもたげた三ツ目の大蛇が、じっと自分を見つめていることに気がついた。

真っ白なボディに、ルビーのような赤い目が三つ。

（ふぇぇ……蛇って意外と綺麗な目をしてるんだ……じゃなくって!!）

せめて外にいる騎士たちに、今の窮状を伝えられたら……と思うが、蛇に絡まれている自分には何もできない。

こうなったら、蛇を説得するしかない。

「ねぇ……蛇君、私は餌としてはあんまり美味しくないと思うよ？」

はみ出した手で、ツンツンと大蛇の白いボディを指で押しながら言うと、蛇はカラカラと尻尾を振り、乾いた音を立てる。

（なんかこれって、餌にしよう、っていうよりむしろ……）

不思議に思いながら蛇と見つめ合っていると、ようやく待ちに待った救いの手が差し伸べられた。

「フロル！　大丈夫か！」

カイが血相を変えて、部屋の中に飛び込んできた。フロルが救世主を見つめると、彼はその光景を見て、真っ青になって叫ぶ。

「ああ、なんてこった！　今、助けを呼んできてやるからな」

慌てて部屋を飛び出したカイの後ろ姿を見て、フロルはほっと胸を撫で下ろす。

そしてすぐに、誰かが廊下をバタバタと走る足音が聞こえた。それは飼育舎係ではなく、騎士のものだとすぐにわかる。騎士の装備がぶつかりあう金属音が含まれていたからだ。

「フロルっ。大丈夫か？」

そう言って部屋に駆け込んできた人を見て、フロルのテンションは大きく上がる。

「ギル様！」

なんと頼りがいのある人が来てくれたのだろうか。フロルは胸を熱くした。

「今、その蛇から解放してやる」

ギルがそう言って、剣をすらりと抜き放つ。

「リード様、殿下の魔獣を傷つけたら、後々処罰が……」

そう叫ぶカイに、ギルは平然とした顔で告げる。

「構わん。フロルさえ無事なら、始末書なんか何枚だって書いてやるさ」

(ギル様、カッコいい！)

心の中で喝采を送るフロルは、蛇に巻きつかれてる割には余裕である。剣を抜いたギルが目の前にいるだけで、もう自分は大丈夫だと思うのだ。

けれども、ギルが蛇に切りつける様子はない。彼は剣を構えたまま、鋭い目で蛇を睨みつけていた。

「リード様、蛇を切らないのですか？」

カイの疑問に、ギルは難しい顔をして言う。

「蛇をぶった切ったら、余計に獲物を締めつける力を強くするかもしれない。そうなったら、フロルは骨折くらいじゃすまない」

どうするべきかと、ギルは蛇を前にして冷静に考えを巡らせている。その時、またバタバタと廊下を走ってくる音が聞こえた。

「フロルが大蛇に襲われたって？」

そう叫びながらやってきたのは、ライルと魔道師数人だ。

ライルはフロルと大蛇の前でぴたりと立ち止まり、しみじみとした様子で口を開いた。

「……ああ、フロル。実に見事に巻かれたなあ」

ライルは全然慌てた様子もなく、むしろ「へぇえっ」と感心した顔で蛇を見つめる。

(ちょっと！　他人事みたいに言わないでっ)

フロルは自分がさっき、ライルの魔道具をちょっと壊したことを心の底から反省していたのなどすっかり忘れて、「何を呑気なことを」と憤慨しながら彼を睨む。

しかし、ライルは驚くべきことを口にした。

「まあ、フロルに危害を加える意図は、この蛇にはないな」

「そうなのか？」

ギルが信じられないというような声でライルに聞く。

「ああ、これはどう見ても殺意がある様子じゃない」

ライルが冷静にそう言って、もっとよく状況を知ろうと蛇に近づいた時だ。彼は、蛇が尻尾をカラカラと鳴らしているのに気がつく。

「これは……？」

ライルが驚いた様子で声を上げた。

「どうした、ライル？」

ギルが、鋭い視線をちらりとライルに向ける。

「ラ、ライル様、早くここから出してっ」

涙目で見つめるフロルに、ライルは全く動じず、何故か蛇をじっくりと観察していた。

（もう、ライル様っ、はーやーくー）

そんなフロルの心の声はライルには届いていない。ライルは常にマイペースなのである。そんな彼は、蛇を眺めながらぽつりと言った。

「これってさ、……求愛行動みたいなんだよねぇ」

「求愛行動!?」

その場にいた全員が、素っ頓狂な声で叫ぶ。

「なあ、ライル。それって、この蛇がフロルのことを好きだってことか？」

ギルは、鳩が豆鉄砲を食ったような顔で聞くと、ライルはそうだ、と言わんばかりに頷く。

「ほら、尻尾をピンと立ててカラカラいわせてるのを見てごらんよ。これは、この蛇独特の求愛行動なんだ。雌が逃げないように、雄は雌に巻きついて捕獲するんだね」

面白いよね、とライルは綺麗な顔ににっこりと美しい笑みを浮かべる。

「食おうと思っていたら、とっくの昔に食われてるだろうしねぇ」と、ライルはしみじみ言うが、フロルは全然嬉しくない。

「ライル様っ、感心してないで、早く助けてー」

フロルが再び涙目で訴えると、カイがライルの後ろでそうだと言わんばかりに、ぶんぶんと首を縦に振る。ライルの空気読めない感は、カイにも十分に伝わっていたのだ。

「おい、お前たち、フロルを解放してやれ」

ライルはくるりと振り向いて、自分の後ろに控えていた部下たちに命令する。すると魔道師たちが前に出てきた。

「では、今から蛇を眠らせますね」

手首にじゃらじゃらと腕輪をつけた魔道師が呪文を唱えると、蛇はこくりと首を垂れ、すぐに眠りに落ちた。

その後、大慌てで駆けつけた飼育舎係たちがぐるぐると巻いた蛇を解き、フロルを無事に救出してくれる。

蛇から解放されて、フロルはヨタヨタと床の上を這った。あまりにも怖かったので、腰が抜けたのだ。

「はあ……びっくりした……」

フロルが息も絶え絶えにぺたりと床に座り込むと、ライルとギルがさっと駆け寄ってきた。

「フロル、大丈夫か？」

そう言ったのは、ギルだ。

ライルはフロルに近寄った途端、鼻を手で覆い、片手を振りながら顔を顰めた。

「うわ、蛇臭い。私に近寄らないでくれ」

（乙女を蛇臭いなどと、なんて失礼な）

そっちから近寄ってきておいて、その言い草はなんなのだ。

フロルは、「そんなに蛇臭いかなあ」と思いながら、ふて腐れてライルをジロリと睨む。

カイも一瞬遅れたが、慌ててフロルに駆け寄ってきた。

「フロル、怪我はないか？」

「フロルは全く怪我をしてない。安心しろ」

ギルがカイに言うと、溜め息をつきながら、カイも安心したように床にしゃがみ込んだ。

「ああ、よかった〜。お前が蛇に巻かれてるのを見て、俺、生きた心地がしなかったよ」

そう言うカイの顔は血の気が失せて、いまだに蒼白である。

「あ、カイ君、これは……？」

フロルはカイの足から血が滲んでいるのに気がつく。

「ああ、慌ててぶつけたんだ」

なんでも蛇に巻かれたフロルを見つけた後、カイはすぐに助けを呼ぼうと必死になって王宮の廊下を走ったそうだ。

その時、運悪く廊下は清掃中だった。そのためカイは掃除用の桶に足を突っ込んで、そのまま派手に転倒したという。

「ごめん。私のせいだ……」

もとはといえば、フロルが蛇の様子にきちんと注意していなかったのが原因だ。フロルはしゅんと俯くが、カイは気にしていないと微笑む。

「いいんだよ、フロル。お前が助かったからよかった」

切り傷だけでなく捻挫もしているようで、彼の足はどす黒く内出血していた。ぷっくりと腫れ上がり、とても痛そうだ。

カイが働いて家族を支えていることを、フロルは知っている。

手の怪我もまだ治りきっていないのにまた怪我をしたら、彼のお母さんや兄弟だってさぞかし困るだろう。

申しわけなさすぎて消えてしまいたくなるほど、フロルは落ち込んだ。

「酷い傷……こんな傷、消えちゃえばいいのに……」

そう言いながら、フロルは思わずカイの足にそっと触れた。

「へっ？」

カイが変な声を上げたと同時に、周囲にいた魔道師たちや騎士たちも同じような声を出す。

「あ、ああ？」

「ええええっ？」

ギルがカイとフロルの間に割り込んできて、カイの足首を丹念(たんねん)に調べる。

「フロル……お前、一体何をしたんだ？」

「何って……何も？」

怪訝(けげん)な顔でギルを見上げると、彼は青い目を大きく見開いている。

「何もしてないわけないじゃないか。ほら、見てごらんよ、この足を」

ライルが指さしたところを見ると、彼の怪我(けが)は跡形もなく消えていた。

「あれ……怪我(けが)してたはずなのに？」

フロルも首を傾げながら、まじまじとカイの足首を見た。赤黒い内出血の跡も、切り傷から滲(にじ)んでいた血もすっかり治っている。

「怪我(けが)が……消えた。フロル、お前もしかして……」

ギルは驚いたようにフロルを見つめる。

「白魔術……」

白いローブに身を包んだ魔道師のひとりが呟(つぶや)いた。

「フロル、まさか君が白魔術——治癒(ちゆ)の魔術を使ったのかい？」

ライルが、信じられないというようにフロルに問う。

カイに起きた不思議な現象を目の当たりにして、その場にいた全員が息を呑みフロルを見つめた。

(治癒魔術だなんて、そんなものが使えるわけないんだけどな？)

フロルはしばらく頭をひねってみて、次の瞬間には一つの考えが浮かんだ。

「ふふ……ふふふ。さては、わかったぞ！」

フロルはびしぃっとライルを指さして、自信満々な笑みを浮かべる。

「ライル様、これはドッキリですね！　私が治癒魔術を使ったように見せかけて、実は魔道師のひとりがカイ君の怪我を治した」

「お見通しなんだから！」とフロルは鼻息荒く胸を張る。

「何を言い出すかと思えば……」

ライルが大きな溜め息をついて言った。

「もう、フロル。蛇臭くてかなわないよ。早くシャワーを浴びておいで。詳しい話は後だ」

ライルは、よほどこの臭いが嫌いなのだろう。彼は顔を顰めて、フロルを早々に追い出した。

そうして自室でシャワーを浴びてライルの執務室に出直すと、何やらみんなが待ち構えている様子。

「あの……みなさん、おそろいで？」

そこには、カイやギルを始め、白魔道師たちもいた。

白魔道師とは、治癒魔術を専門とする魔道師のことだ。治癒を行う魔術は、特別に白魔術と呼ばれている。

「実はね、そろそろ君の魔力検査をしようと思っていたんだ。いい結果が出れば、魔道師にもなれる」

「へ？　それで、なんで今頃、そんな話が出たんですか？」

まだドッキリが続いているかもしれないと、フロルは警戒する。

「さっきね、君の魔力を検査するのを、すっかり忘れていたことを思い出したんだ」

自分がうっかり失念していたことを誤魔化すように、ライルはへらりと笑う。

そういえば、王宮に来る前にフロルに魔力があるとかないとか、そんな話をしていたのを思い出す。

以前竜に乗った時に使った、エネルギーのようなものが魔力であると教えてもらったが、それ以来魔力を意識することもなければ、もちろん使う機会もなかった。

「あー、でも、私、魔道師っていうガラじゃないですし」

フロルはエスペランサや魔獣たちに囲まれている飼育舎係の仕事が気に入っているのだ。何を好き好んで、魔道師にならなきゃいけないのだ。

「まあ、とりあえずは検査を受けてみないかい？」

ライルはそう言うが、フロルは気乗りしない。

「いやあ、ライル様、私には向いていないと思いますので……」

くるりと回れ右をして、そそくさと逃げ帰ろうとしたフロルの耳元で、ライルがそっと囁く。

「宮廷魔道師は飼育舎係より、ずっと給料がいいんだよ。見習いでも、月に銀四枚なんだけどな？」

「へっ？」

驚いて振り返ったフロルに、ライルはさらに囁き続けた。

「見習いでなくなると、月に銀五枚もらえるんだけど、あまり乗り気じゃなさそうだね？」

それを聞いたフロルのテンションは急上昇する。満面の笑みを浮かべて、フロルは明るい口調で言った。

「いやあ、ライル様、何を言ってるんですか。魔道師になりたくないわけないじゃないですか！」

ライルの綺麗な目が、にっこりと細められた。美人の笑顔はどこまでも素敵だ。

「じゃあ、明日の朝。魔道師の塔の大広間に来て。魔力検査をしてあげよう」

ライルは、フロルより一枚も二枚も上手だった。

そういうわけで、フロルは魔力検査を受けることとなったのだ。

第三章　白魔道師見習いへの道

次の日、フロルは魔道師塔を訪れていた。これから、魔力検査が始まるのだ。

魔道師戦の訓練用に作られた大広間は、塔の一番下の階にある。とても頑強に作られており、ちょっとやそっとでは壊れることはないという。その大きな広間の中央、硬い石畳の上には、すでに検査のために複雑な魔法陣が描かれている。

なんとその部屋にはミリアム王太子も来ていて、腕組みをしながら面白そうに検査の様子を眺めていた。

フロルの周囲には石の円柱が高くそびえ、高い天井をがっしりと支えている。

フロルはその魔法陣の中心に立ち、口元をきゅっと引き締める。

(絶対にやり遂げてみせる。これをクリアしたら銀五枚!)

フロルは自分が魔力を持たないはずの平民であることも忘れ、拳をぐっと握り締めて全身に闘志を漲らせる。

「では、始めようか」

ライルが何かの呪文を唱えると、にわかにフロルの前に透明な玉が出現した。

誰も触っていないのに、その玉は地上一メートルくらいのところに、ふわふわと浮いている。

「普通なら、魔力検査は副魔道師以下の仕事だ。だけど今日は、私が特別に魔法球を出して検査してあげるんだからね？」

何故かライルはさりげなく恩を着せようとしてくる。フロルはそれをさくっとスルーして、彼の説明にじっと耳を傾ける。

「いいかい、フロル。この玉は、君の魔力の一部を表すんだ。玉の色は君の魔力の特性を示すし、魔力量に比例して大きさが決まる。つまり、この玉が大きくなればなるほど、君の魔力は大きいということになる」

フロルは頷いてから足元に目を向け、ライルに質問をする。

「あの……この魔法陣にはどういう役割があるんですか？」

「ああ、それは魔力封じの結界だね。まあ、一応用心ってとこかな」

そう言ったライルの後ろに、白いローブを着た男性が立っているのに気づく。

その男は、時間の無駄だとでも言いたげな顔をしていて、ものすごく不機嫌そうだ。

「獣の世話をしているような娘の魔力検査に、こんな強固な結界はいらぬ、と私はライル様に申し上げたんだが」

真っ白なローブを着ているから魔道師だと思うのだけど、この人は誰だろう。

そんなフロルの視線にミリアムが気づき、助け船を出してくれた。

「ああ、フロル。こいつはね、白魔道師長なんだ」

「来なくていいと言ったのに、無理やり来ちゃったんだよねぇ」

ライルは小さく溜め息をつきながら言った。

その白魔道師は、見るからに堅物で融通が利かないように見える。その男は、グエイドと名乗った。

「一応、グエイドは、私の部下なんだけどね」

ライルは迷惑そうな顔で彼を眺めている。白魔道師団もライルが管轄しているのだそうだ。

「まあ、とにかく始めようじゃないか」

王太子がそう言うと、ライルは再び呪文を唱えた。それと同時に、足元の魔法陣の文字が青く光り始める。その魔法陣の中で、フロルは宙に浮かんでいる球体を固唾を呑んで見つめた。

目の前に浮かんでいる透明な球体は、まるでシャボン玉のようだ。

「さあ、フロル。それに触ってごらん」

ライルに促され、フロルはおずおずとその球体に触れる。

(なんか……ぷよぷよしてるな!)

その感触が面白くて、ぺたぺたと球体に触っていると、ライルが少し嫌そうな声を出す。

「フロル、魔法球で遊ばない!」

「すみません!」

ぺこりと頭を下げると、王太子が軽く頷く。気にするな、ということだろうか。

仕切りなおすように、ライルがこほんと咳払いをする。

「フロル、とりあえず、そこに魔力を流してみて」

（えっと、前にドレイク様と竜に乗った時も、魔力を使えとか言われたよね？）

その時のことを思い出し、集中して手のひらを見つめると、自分の手がぼんやりと白い光に包まれているのがわかる。竜に乗った時は明るかったのでわからなかったが、薄暗い場所だと肉眼で見えるようだ。

（そっか。これを魔法球に当てて、魔力を流す……と）

とりあえずやってみると、透明な玉が白く光り始めた。

「ほう、やはり治癒魔術か」

グエイドが、ぽそりと低い声で呟くのが聞こえた。

（カイ君の怪我が治ったの、ドッキリじゃなかったんだ）

「ライル様ったらお茶目なイタズラをするんだから！」と思ったのは、自分の勘違いだったようだ。

ライルは紙に何か書き留めながら、次の指示を出す。

「フロル、もうちょっと玉に魔力を込めてみて？　他の色が混じっていないか、確認するから」

そう言われて、フロルはふんぬっと力を込めた。すると、手から出ていく魔力の量が増えたような気がする。

「白色一色か」

王太子が、顎に手を当てながら言う。

「この魔力量だと、銀五枚じゃ少ないかもしれないな……」

（あ、今、なんかすごく大切なことを言われたかも）

フロルは耳ざとかった。魔法球に魔力を流しながら、ライルに視線を移す。

「ライル様、今、魔力量が多いと、お給料が増えるとか聞こえたような気がするんですけど？」

「ああ、そうだよ。魔道師は魔力量が多いほうが、給料は高いんだ。まあ魔力量だけでなく、それを扱う技能も給料に反映されるけどね」

知らなかったのかい？　とあっさり言われて、フロルは本気でぶっとんだ。

（なんでそういう大切なことを、もっと早く言わんのか、魔道師長）

フロルが非難を込めた視線をライルに向けると、彼はしれっとした顔で言う。

「ああ、そういえば、それも説明するの忘れてたね」

それなら、給料のために、できるだけ玉を大きくしなくては！

フロルはさらに気合いを入れる。そして力を振り絞りながら、球体を少しずつ大きくしていった。

玉に触れる手が、肩が、ぷるぷると震える。

（あああ、もう限界！　これ以上は出せない）

そう思った瞬間、フロルは異変を感じた。

「む？」

突然、目の前にある魔法球が、さらに強い光を発し始めたのだ。

どういうわけか、魔法球がどんどんフロルの魔力を吸い出していく。

魔力球がさらに輝きを増していく。ライルはその様子を見て、何か感じるところがあったのだろう。

「フロル、出しすぎだ。魔力を止めて」

ライルは一旦、検査を中止しようとしているようだが、フロルは出ていく魔力を止められなかった。

「ラ、ライル様、止まらないんですっ」

「暴走したようだな」

王太子が、少し青ざめているのがわかる。

フロルの魔力はどんどん玉に吸収され、さらに大きくなっていた。

魔法球に吸い込まれた魔力が外に作用し始めて、結界内の空間がミシミシと揺れた。

「フロル、早く玉から手を放して」

ライルはフロルが一度も聞いたことがないほど、必死に叫んでいる。

王太子が驚いたように椅子から立ち上がった。その前にグエイドが、彼を護るように立ちはだかる。

「手が、手が離れないんですっ！　どうしよう、ライル様。止まらない。どうしたらいいのっ？」

フロルは玉に手を当てたまま、涙目になって訴える。そんなフロルを横目に見て、ライルは冷静にグエイドに命じた。

「爆発するかもしれない。グエイド、殿下を室外にお連れして。魔道師塔からできるだけ離れたほうがいい」

「ば、爆発ぅ？」

物騒な言葉に、フロルは大きく目を見開いて、眼前の玉を見つめた。それはもう直視できないほど目映く輝き、大きく膨らんでいた。

「や、やだっ、ライル様、私、まだ死にたくない」

フロルが叫ぶと、ライルが急いで駆け寄ってきた。いつも、どんな時でも眉一つ動かさない、クールなライルが青ざめている。

グエイドに背中を押され、王太子が大急ぎで外に連れ出されたのが見えた。

(かなりやばい。もう無理だ)

魔法球はみしみしと嫌な音を立てながら、さらに膨らんでいく。いつ破裂してもおかしくないほどだ。

「ば、爆発しちゃう。やだぁぁぁ……」

フロルが恐怖にかられて叫んだ瞬間、ライルは彼女の腕を掴み、無理やり魔法陣から引きずり出した。

それとほぼ同時に、ライルはフロルの手から魔法球を引っぺがす。意外なことに、玉はあっさりとフロルの手から離れた。

「危ないっ」

ライルはフロルを乱暴に抱き込み、咄嗟に地面にしゃがむ。そして、自分たちの周りと大広間全体をそれぞれ囲む、二重結界を発動させた。

ライルが放った青白い結界がフロルたちを取り囲んだ瞬間、魔法球は真っ白な閃光を伴って炸裂した。轟音とともに、大爆発を引き起こす。

その瞬間、ライルの顔が歪んだのをフロルは見た。

魔道師塔全体がぐらぐらと揺れる。大広間の柱の一部が崩れ、瓦礫となってふたりの頭の上に降り注いできた。

シャボン玉のような結界の中にいるにもかかわらず、フロルもすごい衝撃を感じる。ごうっという衝撃音が聞こえ、フロルはぎゅっと目をつぶり、ライルに抱きついた。

音がやんだ後、天井の一部がぱらぱらと落ちてくる。その乾いた音を聞きながら、フロルはうっすらと目を開けた。

（よかった。まだ生きてる）

ほっとしながらフロルはライルを見上げた。彼の顔は血の気を失ったように蒼白になっていた。ライルは苦しげに眉を顰め、肩で大きく息をしている。そして、崩れ落ちるように冷たい床の上に両手をつき、そのまま倒れ込んだ。

「ラ、ライル様！　だっ、大丈夫ですか？」

ライルの髪を縛っていた紐が切れて、艶やかでまっすぐな髪が、彼の顔にはらりと流れ落ちる。その綺麗な髪の隙間から、ライルは濃紺の綺麗な瞳でフロルを見つめる。そしてほっとした表情を浮かべ、一瞬笑った。

「……よかった。フロル、無事か」

そう言って、彼はそのままぐったりと意識を失ってしまった。

「やだ、ライル様、ライル様！」

フロルはライルの背中を揺らして叫ぶが、彼はぴくりとも動かない。

「誰か、誰か来て！」

真っ青になったフロルが大声で助けを呼ぶと、大広間の扉が開いて数人の魔道師たちがなだれ込んできた。

「ライル様っ、これは？」

魔道師たちは部屋に入った瞬間、その凄惨な状況に言葉を失った。柱の何本かは折れかかっているし、天窓は粉々に砕け散っている。

瓦礫が転がる中を、グエイドがライルのもとへ血相を変えて駆け寄ってきた。

「グエイド様、ライル様がっ」

涙目で縋りつくように見つめるフロルを、グエイドはジロリと横目で睨みながら脇へ押しやる。

「そこをどいてろ」

言われた通りに、フロルはめそめそと泣きながらライルの傍らをグエイドに譲り渡した。

グエイドは素早くライルを仰向けに横たえ、服の襟を緩めて全身に手をかざす。

そんなグエイドのもとに数人の白魔道師がさっと駆け寄ってきた。

「魔力を使いすぎたようだ。すぐに治療に当たる」

グエイドはそう言って、数人の白魔道師とともにライルを担ぎ上げ、運び出す。

「待って。私も一緒に行きます」

フロルは抱(かか)え上げられたライルと白魔道師たちの後を追う。

ライルのことが心配でたまらない。

（魔法球を爆発させるなんて、どうしてそんなことをしちゃったんだろう）

今更、後悔したって遅いのだ。どうしようもなくて、フロルの目に涙が滲(にじ)む。

「うぐっ、ひっく……」

嗚咽(おえつ)しながら白魔道師たちと一緒に救護室へ向かっていると、グエイドがフロルをちらと見た。

「フロル、魔法球が爆発した時、ライル様は何をした？」

ポロポロと大粒の涙を流しながら、フロルはグエイドを見る。

「ライル様を助けたいのなら、思い出せ。泣いてる場合じゃないだろう」

グエイドの水色の瞳が、フロルをまっすぐに見つめている。フロルは涙を止めようと、目をごしごしと拭(ぬぐ)った。

「ライル様は、結界を二重に発動させたんだと思います」

「何故、二重に？」

「一つは私たちを護(まも)るための結界で、もう一つは広間全体に張ったように見えました」

「広間を覆った結界の中で魔法球を爆発させ、建物の倒壊を防いだのか。そして、フロルの安全を確保するための結界をもう一つ張った。とすると、二つの結界で爆発の衝撃波に耐えなければならないわけだな。魔法陣の結界は粉砕(ふんさい)されてしまったわけか」

グエイドは驚愕(きょうがく)していた。ライルの魔力量は膨大だ。それを操(あやつ)る才も卓越(たくえつ)している。

そんな稀代の魔道師であるライルが、目の前の小娘が起こした魔力爆発を抑えるために、己の魔力を使い果たした。

この小娘は何かが異常だと、グエイドの直感は告げていた。だが、とにかく優先すべきは目の前のライルを助けることだ。

「おい。お前たち、手を貸せ」

数人の白魔道師たちにグエイドは声をかける。そしてライルをベッドに寝かせて、彼の周りをぐるりと取り囲んだ。

「ライル様は、大丈夫なんですよね？」

必死の形相で聞くフロルに、白魔道師のひとりが言う。

「状況はかなり悪い。私たちも手を尽くすから、君は部屋の外に出てくれ」

本当はずっとライルの傍についていたかったのだが、そう言われては仕方ない。

言われた通りにフロルが大人しく部屋の外に出ると、救護室の扉は鼻先でぴしゃりと閉められてしまった。

そのまま廊下の冷たい床の上に、フロルは膝を抱えて座り込む。

（どうして、こんなことになっちゃったんだろう……）

白魔道師たちの治癒魔術の光がドアの隙間から漏れ出ているのを、フロルはじっと眺めていた。

ライルの治療が終わるまで、フロルはずっと長い時間、辛抱強くそこで待っていたのであった。

魔道師塔の爆発事故から丸二日経つ。

ライルはこんこんと眠り続け、未だに目を覚ます様子はない。

フロルは心配しつつも、普段通りに仕事をこなした後、魔道師塔の一番てっぺんにあるライルの私室へ向かった。

部屋の入り口に立つと、見張りの騎士がフロルの姿を認め、そっと扉を開けてくれた。部屋の外では白魔道師たちを何人か見かけた。どうやら、ライルに何かがあった時のため、部屋の外に待機しているようだった。きっと、ライルがよく休めるように、部下たちは気を遣っているのだろう。

寝室の中では、グエイドがたったひとり、ぽつんとライルの寝台の横に腰掛けている。

フロルがライルの寝台に近寄って覗き込むと、彼の目は固く閉ざされ、死んだように眠っている。

そんなライルの傍らで、グエイドは己の忠誠を示すかのように、じっと彼を見つめていた。

「ライル様はまだお目覚めにならない」

グエイドが悲しそうに、ぽつりと呟く。

けれども、目の前ですやすやと眠っているライルはとても穏やかで、目の前で倒れた時の苦悶の表情はすっかり消え失せていた。

その様子にほっと胸を撫で下ろしつつ、フロルはふと浮かんだ疑問を口にせずにはいられなかった。

「どうして、まだお目覚めにならないのですか？」

そんなフロルの質問に、グエイドは肩を落とす。

「我々の魔力が十分ではなかったのだ。後は、ライル様の魔力が自然に回復するのを待つしかない」

魔道師たちは、一見クールで人と関わることを嫌う面もあるが、彼らの間の絆はとても強い。

それゆえに、グエイドは自らの至らなさが悔しいのだろう。

「そうですか……」

ライルが目覚めるのがまだ先のことだと知り、フロルもしょんぼりと項垂れる。

この件に関してフロルが強く責任を感じていることに、グエイドも気がついたようだった。

ふたりはしばらく無言のまま、ライルの寝顔を見つめていた。沈黙の中で、ライルの寝息だけが、規則正しく響いている。

その静寂を破って、グエイドが一言だけ告げる。

「魔道師の学校に行ったことのないお前が、魔力のコントロールができなかったことを、誰も責めはしないさ」

その言葉に、フロルはじっと俯いたまま小さく頷く。

ふと、グエイドが壁にある時計をちらと見た。次の予定があるのだろう。

「……私はそろそろ失礼する。お前はしばらくライル様についているか？」

「はい。そうします」

グエイドが椅子から立ち上がったので、フロルはそこに座った。

（早くよくなればいいのに……）

フロルは無意識にそっとライルの手に触れる。

すると突然、フロルからライルの手に向かって、目映い光が流れていった。それは花火のように明るく、輝いていた。

「なっ、お前は……」

それを見ていたグエイドが小さく声を上げる。

「えっ、ええぇっ！」

フロルは慌ててライルから手を離したのだが、時すでに遅し。フロルの魔力がライルの中にすっかり吸収されてしまった。

「治癒魔術……」

グエイドが信じられない様子で呟く。

「わあっ、どうしよう、グエイド様。ライル様に、またなんか変なことしちゃった！」

椅子からがばっと立ち上がって慌てふためくフロルに、グエイドは落ち着いた声で言う。

「フロル、慌てるな。治癒魔術だ。ライル様に害はない」

その時、死んだように眠っていたライルの眉が苦しげに顰められ、ぱちりと目を開く。

「……うるさいな」

（ライル様が目覚めた⁉）

フロルは驚き、思わず大きな声で彼の名を呼ぶ。

「ラ、ライル様っ？」

「ライル様っ。お目覚めに⁉」

グエイドが叫んだ瞬間、部屋に数人の白魔道師たちが、わっとなだれこんできた。

わらわらと白魔道師に取り囲まれ、周囲を見回したライルは不機嫌そうな口ぶりで言う。

「……私の寝室に、どうしてこんなにたくさんの人がいるんだね？」

「ライル様、お目覚めになられてよかった」

グエイドはそう呟き、嬉しそうに頬を緩めている。ライルが目覚めたのは、グエイドたちにも予想外の出来事だったらしい。

大喜びしている白魔道師たちの傍らで、フロルもほっとして目に涙を浮かべながら、へなへなと床に座り込んだ。

◇

それから数日後のこと。

しばらく魔力、体力切れでベッドから起き上がることができなかったライルは、半身を起こして過ごすことができるようになった。まだ日中はうとうとと微睡むことのほうが多いが、夕食の時間にはきっちり目を覚ましている。

「ライル様、お食事をお持ちしました」

フロルが嬉しそうに、半身を起こしたライルの前に、お盆にのった食事を置く。

「ああ。フロル、ありがとう」

「たくさん食べてくださいね？」

熱々の湯気が立っているスープは、弱ったライルの気を少し惹く。

彼はスプーンを手にとると、優雅な所作でそれを口に運ぶ。

「本当に、お世話をするのが私でいいんですか？」

不思議そうに見上げるフロルに、ライルは微かに眉を顰めた。

「ああ。私は、仰々しいのは嫌いなんだ」

ライルは気楽な調子で、「フロルくらいがちょうどいいんだよな」と独り言のように言う。

『フロルくらい』の意味するところが、失礼なような気もしたが、フロルは気にしてはいない。

ライルが食事を少しずつ食べていると、フロルが声をかけてくれる。

「あ、お茶を淹れましょうか？」

フロルは宿屋の娘だけあって、気が利く。ライルは満足そうに頷く。

「ああ、そうしてくれ。それで、今日はもうアルブス様の授業は終わったのかい？」

ライルが問うと、元気な返事がある。

「はい。つつがなく終了しました！」

「そうかい」

アルブスは、フロルの王宮の先生である。フロルが王宮に上がる時に、家庭教師をつけるとミリアムは彼女の両親と約束した。

そのため、先日からフロルは仕事の合間を縫って、アルブスに指導を受けているのだ。

アルブスという老人は、王宮で最高位の賢者である。彼は歴代の王子の教育を担った権威のある人物だが、フロルが学校に通っていなかったことを知ると、親切にも自ら家庭教師を引き受けてくれた。

「アルブス様は元気なの？」

美味しく茶を淹れようと奮闘しているフロルに、ライルは明るく尋ねる。

「はい！　多分、後百年くらいは生きられそうですよ」

授業は楽しいとフロルは言う。アルブスも、フロルが気に入っているようだ。そのアルブスの気持ちが、ライルにはわかるような気がした。

フロルは物言いが気さくなため、気楽なのだ。変に仰々しい従者にかしずかれるより、彼女のほうがずっといい。

グエイドは、フロルの治癒魔術によってライルが目覚めたと言っていた。グエイドや他の魔道師たちが看病にしゃしゃり出てこないのは、そういう理由もあるに違いない。

フロルは楽しそうにライルに話し続ける。アルブスの授業では、文字の読み書きや計算だけでなく、初級魔術も学ぶのだそうだ。

「今日は、魔術文字というのを、アルブス様から習ったんです」

「ああ、あれか。魔術によって見えなくされた文字のことだな」

「はい。そうです！」

文字を書いた後、紙に魔力を流すと、ただの白紙にしか見えなくなるのだ。隠された文字を読むためには、書いた本人の魔力をもう一度流すか、その者が定めた呪文を唱えて魔術を解除しなければならない。

「昔は、魔道師同士の秘密の連絡に使われていたみたいだね」

ライルがそう言うと、フロルは目を丸くする。

「そうなんですか？」

「後は、魔道師同士の恋文とかかな」

「わあ、ロマンチックですね！」

フロルはそう言って茶を差し出してきた。それを見ると、魔力が込められている。だが、フロルにはその自覚がないようだ。

魔力は持つ人それぞれで特性が異なり、それによって使える魔術が決まる。フロルの魔力は治癒魔術のためのものだ。

一口茶を啜れば、新たな力が吹き込まれるようだ。そして、とても美味しい。

ライルが茶を啜る傍ら、フロルは満足そうに彼を眺めている。

食事が終わるとライルはフロルに下がるよう伝え、少し眠ることにしたのだった。

◇

その後もライルは順調に回復し、仕事に復帰できるようになった。

ライルの復帰が決まった日の夕方、フロルはいつものように飼育舎係の仕事を終えて、自分の部屋へ帰ってきた。

フロルが仕事をしている間に従者が届けてくれた、新しい制服が壁にかかっている。それを微妙な気持ちで眺めながら、フロルはひとりぽつりと呟(つぶや)く。

「ついに来たか……」

そこにあるのは、白魔道師（見習い）の制服である。

いろいろあったけれど、フロルは結局、魔道師として採用されることになったのだ。

飼育舎係として、せっかく見習いを卒業したばかりなのに、また見習いへ逆戻りだ。

しかも変態、いや変わり者の集団に所属することになってしまった。けれども、お給料が増えるのには代えられない。

（本当に白魔道師になっていいのかな……）

フロルの胸の中に一抹の不安がよぎる。

自分に魔力があるのはわかったが、使い方はまだほとんど知らない。それでもライルは、すぐに慣れるさ、とさほど気にしていない様子だった。

魔道師になったあとも、アルブスが家庭教師を続けてくれ、あわせて魔術の指導もしてくれることになった。ちなみに魔道師長のライルは、上司のくせに教える気は全くないらしい。

グエイド曰(いわ)く、「あの方は優(すぐ)れすぎて、下々の者に教える技術などないに等しいのだよ」とのこと。褒(ほ)めているのか、けなしているのかよくわからない言い方だ。

フロルは、とりあえず新しい制服を着て、鏡の前に立ってみた。

この制服は、フロルの体形に合わせた子供サイズの特注品だ。胸元についた赤いリボンが可愛い。

その下についた黄色のブローチは、見習い魔道師の印だそうだ。

そうして次の日の朝早く、フロルは魔道師塔のライルの執務室のドアを叩いた。

「入れ」

短い返事が聞こえたので、フロルはそーっとドアを開ける。

「おはようございます。ライル様」

「ああ、フロル。おはよう」

執務モードのライルは、きりりとして少しかっこいい。

しかし、やはり周りにはゴミのような魔道具が転がっている。今日は人間サイズの木でできた不気味な人形(にんぎょう)もあった。

怪訝(けげん)な目でそれを見ていたフロルに、ライルは言う。

「ああ、それ、昨日作って失敗した魔道具なんだ。触(さわ)るなよ」

病(や)み上がりのくせに魔道具を作ろうとするなんて、マニアを通り越して、もはや変態と呼んでも差し支(つか)えないかもしれない。

半ば呆(あき)れながらも、フロルはライルの机の前に立つ。

ライルは彼女をちらと見つめ、小首を傾げた。

「フロル……なんか変だな」

「えっ？　制服の着方、間違ってましたか？」

フロルは慌てて制服のあちこちを確認するが、ライルはいや、と言っておもむろに椅子から立ち上がる。

「なんだか違和感がある」

彼はフロルの周りをぐるぐると回りながら、不思議そうに呟く。

「うーん、特に何がおかしいってわけじゃないんだけどなあ」

そう言うとライルは不思議そうな顔をして、つと立ち止まった。濃紺の綺麗な目が、フロルをじっと見つめる。

(ライル様、見た目だけは麗しいんだけどなあ)

つやつやの黒髪がふんわりと動く。いつか、彼に髪の毛のお手入れ方法を聞いてみたい。

つい見惚れてしまったが、性格には一癖も二癖もあることを、フロルは忘れていない。

その傍らでは、ライルが相変わらず、「おかしいな」とぶつぶつ呟いている。

「私の勘が外れるわけがないんだ。フロル、本当に変わったことはなかった？」

「ライル様、私は別に何にもないと思うんですけどね？」

少し冷や汗をかきながら言うと、彼はぽんっと手を打った。

「わかった、フロル。違和感の理由が」

何かを発見してすっきりしたのだろう。ライルが明るい顔で続ける。

「身長だよ」

「はい？」

「まだ気づかない？」

「何がですか？」

「制服の裾だよ。普通ならくるぶしまでの長さがあるはずなんだけど、ほら、見てごらん。足首が出てるだろ？」

言われてみれば、確かに足首はローブに隠れていない。

「あれ？　発注ミスですかね？　短めに作ったのかな？」

不思議に思って言うフロルに、ライルの目がきらっと光った。

「君の採寸をした侍女頭がそんなミスをするわけがない。フロル、わからない？」

ライルは言葉を切り、彼女をじっと見つめる。

「身長が伸びているんだよ。五センチ、いや十センチくらい背が高くなってる」

「……私の背が、伸びてるんですか？」

「ああ、間違いない」

「背が……伸びた……？」

この十年間、フロルの身長は一センチたりとも伸びなかったのに。

何をしても、どんな医者にかかってもその原因は絶対にわからなかった。それが初めて、成長の兆しを見せたのだ。

フロルはライルの言葉がにわかには信じられず、自分の足元をまじまじと見つめたのだった。

フロルが白魔道師見習いになってしばらく経った。

主な仕事は、ライルやグエイドの雑用や補佐だ。

なんだパシリか、と侮ることなかれ。それだって、大切な仕事なのだ。

そして、最近のフロルは実に上機嫌である。時々ローブからはみ出している自分のくるぶしを眺めては、にやにやと笑っているのだ。それは背が伸びた証であり、なんと十年ぶりの快挙だからである。

今日もまた、背が伸びてないかと期待を込めて、足元をじっと見つめていると、同僚の魔道師が声をかけてきた。

「おい、フロル、ライル様がお呼びだ」

「あ、はい。わかりました」

フロルは機嫌よく返事をして、早速ライルの執務室に向かう。

「ライル様、どんなご用でしょうか？」

扉を開けると、ライルは部屋の中に入るよう手招きした。

そこかしこに溢れている危険な魔道具に触らないよう慎重に迂回しながら、ライルの机の前に立つ。

彼は単刀直入に切り出した。

「レルマ子爵令嬢が女神として最初の儀式をするために、ダグレスの大聖堂に向かうことになった。

騎馬騎士隊が警護のために同行することになったんだけど、君も白魔道師見習いとして、私と一緒に行ってもらいたいんだ」

レルマ子爵令嬢とは、女神と認められた下級侍女、マリアンヌのことだ。すでに周囲には「アンヌ」という名でなじんでいる。

「えーっと、それは出張ということですか？」

「そうだね。そういうことになるかな」

出張先であるダグレスは、美食で有名な町である。

そこには美味しいものが溢れていて、しかもお値段が随分と庶民的なのだそうだ。その上騎馬騎士隊が同行するということは、当然、ギルも一緒である。

さらに、旅費は全て仕事の経費として計上されるから、身銭を切ることは一切ない。

(なんて素晴らしいミッション！)

嬉しさのあまり、一瞬、頬がだらりと緩む。

「なんだか嬉しそうだね？」

ちらりと視線を向けられ、フロルは咄嗟にすました顔を作り誤魔化すように答える。

「いやだなあ、ライル様。そんな風に見えますか？」

突然の『美食の町への出張』で喜んでいるなんて、悟られるのは恥ずかしい。

そんなフロルに、ライルは今回の業務について説明を続ける。

アンヌは女神として儀式を行った後、幾つかの地方都市を訪れながら民に祝福を授けるらしい。

それを終えて、王宮の神殿に戻ることになっているという。

「最初の儀式は女神として覚醒するためのもので、二つ目の儀式は、目覚めた女神の力を安定させるためのものなんだってさ。特に最初の儀式が重要で、それによって女神としての意識をはっきり取り戻すのだと神官は言っていた。どちらの儀式でも奇跡が起きると古文書に書かれていたから、神官たちは浮き足立って酷いもんだよ。二つの儀式が成功したら、レルマ子爵令嬢は晴れて女神として正式に認定されるんだって」

そう言った後、ライルは思い出したように、一言ぽつりと付け加えた。

「まあ、私は女神伝説なんて信じてないから、奇跡なんてどうでもいいんだけどね」

「じゃあ、なんで一緒に行くんですか？」

フロルが呆れ気味に言うと、ライルはぽろりと本音を漏らす。

「儀式で使われる経典は、古代ネメシア語で書かれていてね。フロルはネメシア語って知ってるかい？」

「いいえ。全然」

「そうか。まあ、今では廃れた言語だからその存在を知っている者はほとんどいないけど、ダグレスの聖堂にはネメシア語関連の書物がたくさんあるんだ」

（なるほど、魔術オタクのライル様の狙いはそれか）

魔術マニアのライルらしい、と溜め息をついた後、フロルはふと問いかける。

「そんな大切な遠征に、私が一緒に行ってもいいんですか？」

フロルはまだ見習い魔道師だ。魔力量はあっても十分に使いこなせず、時々、魔力が暴走しそうになる。

そんな重要な任務なら、コントロールが大きな課題であるフロルではなく、上級魔道師の仕事なのではないか。

そう言った彼女に、ライルもその通りだと頷く。

「だけど、グエイドも私も同行するから心配ない。君には、むしろ騎馬騎士隊の面々や同行する従者の世話をしてもらいたいんだ。宿屋の仕事で慣れているだろう？　まあ、一応研修も兼ねて、って形になるね」

「あ、なるほど。そういうことですね」

あっさりと頷いたフロルに、ライルは旅の日程が書かれた紙を渡す。

「じゃあ、フロル。旅の支度(したく)を忘れないようにしておきなさい」

「はい、ライル様」

フロルはライルの執務室から出ると、執務室の扉を背にする。そして拳(こぶし)を握りガッツポーズをしながらひとり呟(つぶや)いた。

「やった。ジュルニー饅頭(まんじゅう)買おうっと！」

ダグレスの町で特に有名なのが、ふんわりして非常に美味であるらしいお菓子――ジュルニー饅頭(まんじゅう)だ。いつか食べてみたいと、夢見るほどの銘菓(めいか)である。

フロルはうきうきしながら、自室へ戻ったのであった。

そして遠征当日。朝早く、フロルは騎馬騎士団とともに王都を出発した。

先頭をギルとライル、バルジール大神官、そして女神が陣取り、フロルは遥か後方にいる。今回はエスペランサでなく、おじさん騎士の馬に乗せてもらっていた。

リルも連れていきたかったのだが、まだ小さいので、お城でお留守番になった。出張中はカイがリルの面倒を見てくれることになっているから安心だ。

一行（いっこう）は幾（いく）つかの都市を通りすぎ、最初の目的地であるダグレスを目指す。

途中、森に囲まれた小さな村に差しかかると、そこで一旦休憩をとることになった。のんびりした感じのこぢんまりした村だ。

村長が一行（いっこう）を迎えてくれ、小さな食堂には軽食も準備されていた。

馬に水を飲ませてやりながら、騎士団は何やら慌（あわ）ただしくしている。そんな中、フロルはエスペランサの世話にいそしんでいた。

「フロル、疲れているところすまないな」

ギルがやってきて、フロルに笑顔を向ける。

「あ、ギル様。馬の世話は慣れてるので、全然大丈夫ですよ」

ふたりが和（なご）やかに話していると、そこに女神が現れた。

「リード様、少しお時間よろしいですか？」

「ええ、もちろんです。レルマ子爵令嬢」

女神はフロルには一瞥もくれず、ギルにばかり視線を向けていた。はなから、子供など相手にする気がないのだろう。

「リード様のようなお強い騎士様が、私の旅に同行してくださるなんて、とてもありがたいことですわ」

女神は上目遣いで、ギルを見つめている。彼女の頬がほのかに赤く上気しているのは、何故だろうか。

「私よりも腕の立つ騎士はたくさんおります。これも仕事ですから、どうぞお気になさらずに」

ギルは騎士らしく、きびきびした様子で対応している。

精悍な顔立ちに、澄んだ瞳。鍛えられた体躯に、優しい笑顔。

そんなギルに、女神がぽうっと見惚れているのが、手に取るようにわかる。

フロルはエスペランサに水をやりながら、嫌な予感がしていた。アンヌがギルに強い関心を抱いているような気がしたのだ。

ふたりはこれからの旅程について話し合っていた。一区切りついたところで彼女は一瞬口をつぐんだ後、思いきったように言う。

「今後も、リード様に私の護衛をお願いしても構わないでしょうか?」

女神は相変わらず上目遣いでギルを見つめていた。しかし、秋波を送られていることに、彼は全く気づいていないようだ。

「その判断は、騎士団長がされることですから。今回は遠征だったので騎馬騎士団が警護を担当しましたが、もっと適任者がいると思います」

「でも、私は是非ともリード様にお願いしたいのですわ。ねえ、リード様、お願い……」

女神が媚(こ)びを含んだ声で、彼の名前を呼ぶ。

その時フロルは、エスペランサの背に装備を装着していたのだが、うっかり手が滑ってそれを地面の上に落としてしまった。その様子にギルはすぐに気づき、フロルに駆け寄る。

「ああ、フロル。大丈夫か？　装備は重いからな。俺が持っててやればよかったな」

「ギル様、すみません。ちょっと手が滑ってしまって……」

おたおたと慌(あわ)てるフロルに、ギルはどこまでも優しい。

女神はギルが自分そっちのけでフロルに気を取られたのが、気に入らなかったようだ。ギルの陰から、フロルをぎらっと睨(にら)んでくる。

フロルは、背筋が少し冷たくなった。

「リード隊長、少しよろしいでしょうか？」

「ああ、すぐに行く」

そのすぐ後に、ギルの部下が彼を呼びに来た。ギルはフロルの手伝いを終わらせて、すぐに部下のもとへ行ってしまった。

「そこのお前」

ギルが立ち去った後、引き続きエスペランサの世話をしていたフロルに、女神は意地悪な視線を向ける。

何事かと、フロルはブラシを手に女神を見つめる。すると彼女は突然、フロルの頬をぎゅっと抓った。

「あ、痛い、何するんですか！」

抗議すると、彼女は口元を歪める。

「お前がでしゃばるのがいけないのよ。せっかく、リード様とお近づきになれたところだったのに」

腹立たしげに責めてくる女神に、フロルは呆気にとられていた。

（……こういうの、八つ当たりって言うんじゃなかったっけ？）

さっさとアンヌから離れてしまえばいいのだけれど、まだエスペランサの世話が終わっていない。休憩の時間は限られているから、今やめるわけにはいかないのだ。すると、ふたりの背後から冷たい声が響いた。

「私の部下に、一体何をしてるんだい？」

振り返ると、ライルが立っていた。ほっぺたを抓られたところを見ていたのだろうか、ライルの眉は不機嫌そうに顰められている。

「まあ、ノワール魔道師長。……何もしておりませんわ。この子が礼儀を知らなかったので、少々躾をしましたけれど」

白々しいことを言うアンヌに、ライルはさらに不機嫌になる。

「勝手に片思いして、上手くいかなかったからって、子供に八つ当たりしたのが躾かい？」

ライルは容赦がない。彼は言葉をオブラートに包むなんていう配慮はしないのだ。

「なんですって？」

逆上するアンヌに、ライルは暗くにやりと笑う。

「ふうん。この私に挑戦するつもりかい？」

「貴方こそ、この私を誰だかわかっているのかしら？　私は女神の生まれ変わりなのよ」

女神はぎっとライルを睨みつけるが、彼はどこ吹く風とばかりに涼しい顔をしている。

「だったら、聖なる力で証明してくれないかな。そうすれば、きちんと尊敬してあげるよ」

ライルがそう言い放つと、彼女は悔しそうに唇を噛み、彼を憎々しげに見つめた。どういうわけか、何も言い返せないらしい。

「覚えてらっしゃい。いつか時が来たら、思い知らせてやるから」

そう言い捨てると、女神は背を向けて立ち去ってしまった。

はらはらしながら横で成り行きを見つめていたフロルを、安心させるようにライルは言う。

「大丈夫だよ、フロル。本物かどうかはともかく、少なくともあの女神には、魔力が全くない。私に手出しできるわけがないよ」

「でも……いいんですか？　あんな風に怒らせて」

「大丈夫だよ。あれは所詮、張り子の虎さ。王宮の中では、長く保つまい」

ライルは見透かしたように、ぷりぷりした様子で去っていく女神の後ろ姿を見て薄く笑う。

「それより、フロル」

ライルはフロルの頬にそっと手のひらを添えた。

「抓られて赤くなってる。グエイドを呼ぶほどではないけど、これを使うといい」

ライルの手の内が、ぼっと青白く光る。そこに現れたのは、氷の塊だった。魔術で出したものだからだろうか。氷なのに冷たすぎず、頬に当てるとひんやりとして気持ちいい。

「しばらくこれで冷やしておいで」

そう言うと、ライルは誰かに呼ばれてどこかへ行ってしまった。

フロルは、しばらくその氷を頬に押し当て、じっとしていたのだった。


それから数日後。

一行がダグレスの町に入り、大聖堂の前に行くと、神官、巫女たちがずらりと並び、女神を歓迎した。

「女神様、バルジール大神官様、ようこそお越しくださいました」

ダグレスの聖堂長が出迎え、早速バルジールや女神と挨拶を交わしている。

やがて女神は巫女たちに囲まれて、建物の中に消えていく。それを、フロルはライルと一緒に遠巻きに眺めていた。

そこにやってきたのは、なんとバルジール大神官だった。

「ノワール殿も、今日はご苦労でしたな。貴方も、今回の女神様の儀式ではさぞかし敬服なさるでしょう。実にいい機会をいただいたものよ」

大神官は、はははっと笑うが、その物言いはやたらと尊大で、上から目線だ。

そんな彼の傲慢な態度にフロルはむっとするが、ライルはいつものように冷笑を浮かべ、辛辣な嫌味を口にする。

「ええ。バルジール大神官。今回の猿芝居、楽しみにしていますよ」

今は女神としてもてはやされているマリアンヌだが、その娘が聖なる力どころか、魔力すら持っていないことを、ライルは随分前から完全に見抜いている。

そんなライルの口調に、女神を嘲られたと感じ、大神官の口元がぴくりと引きつる。

「我らが女神を侮辱しないでいただきたい。ノワール宮廷魔道師長殿」

「あれが本当に女神でなんかあるものか」

売り言葉に買い言葉。

ライルは綺麗な顔に、氷のような嘲笑を浮かべる。

フロルもその様子を横目に見ながら、顔を顰めていた。

以前、大神官がしたカイに対する態度を、フロルは決して忘れていない。

ライルが彼を嫌う気持ちは十分理解できる。フロルも大神官が大嫌いだった。

当然のことだが、ライルは宮廷魔道師長である。高い身分の彼に、大神官だからといっておやみに怒りをぶつけられるわけではない。

大神官は怒りのはけ口を求めていた。そしてライルの横にいるフロルを見つけ、意地悪く笑う。

「そちらこそ、小さな猿を連れ回しておいででは？」

（……猿ではなく、見習いなんですけどね！）

フロルは心の中で反論するが、あえて口には出さなかった。後々、鬱陶しいことになるからである。

「ほお、誰かと思ったら、あの時の獣遣いじゃないか。地面に這いつくばって藁を拾うような卑しい者を、白魔道師に取り立ててやるとは、魔道師長殿はなんとお優しくなられたものだ」

大神官は、フロルが以前大通りでカイと一緒にいた飼育舎係だと気がついたようだ。

彼の言葉に、ライルも不快感を顔に出す。そして、さも不機嫌だというように口を開いた。

「バルジール大神官、私の部下に無礼な口を利くのはやめてくれないか。似非女神と違って、フロルにはちゃんと魔力があるからね」

その瞬間、その場の空気がピンと張りつめ、大神官は怒りを露わにする。

「魔力がなんだ。そこの下劣なドワーフを我が女神様と同列に扱うなど、思い上がるのも大概にしていただきたいものですな。ノワール宮廷魔道師長」

（おお！　サルからドワーフへ格上げだ）

フロルはそう思ってへらりと笑う。そんな彼女を、大神官はぎっと睨みつけた。

「みなさん、どうされたのです？」

その時、温厚そうなダグレスの聖堂長がふたりの間に割って入る。大神官は取り繕うような笑みを向けるが、それが実に嫌味ったらしい。

「いや、大したことではありません。些細な諍いです。お気を遣わせてしまいましたな」

「女神様が中でお待ちですよ」

「ああ、私としたことが、とんだ失礼を」

大神官はそう言うと、ちらりとフロルを見て、さっさと大聖堂の中へ入ってしまった。

「フロル、嫌な目にあわせたね」

ライルは少し申し訳なさそうに言うが、フロルは大したことないと笑う。

「いいんですよ、ライル様。ああいうお客さんって、ダーマ亭にも時々来るんです」

フロルがおおらかな笑顔で言うと、ライルもほっとしたように微笑んだ。

それから、任務を終えた一行は解散することとなった。

ライルは、大聖堂の中にある賓客用の部屋に泊まることになっているそうだ。さすが、魔道師長は待遇が違う。

そして今夜は儀式の後、女神を歓迎するために、晩餐会があるそうだ。

ライルやグエイド、当然ギルもその席に呼ばれているが、しがない白魔道師見習いのフロルはその中に入っていない。

そういうわけで、フロルはそのまま彼らと別れ、下級騎士たちと一緒に聖堂から少し離れた宿屋へ向かった。

◇

「女神様、お疲れにございましょう」

「ええ、そうね」

大聖堂に入った女神――アンヌは、早速準備された美しい部屋に通されていた。

彼女が滞在する部屋は飾りつけられ、それは目を瞠るほど豪華だ。この綺麗な部屋の主が今は自分なのだと、アンヌは誇らしい気持ちで胸がいっぱいになる。

その後、茶を飲みながら休憩していた彼女を、巫女が衣装一式を持って訪れた。

「女神様、衣装をご用意いたしました。どうぞ、こちらにお着替えくださいまし」

巫女たちに促されて、アンヌは儀式用の衣装に腕を通す。これから、すぐに女神の儀式を始めるのだという。

純白の衣装を着たアンヌは部屋を出て、聖堂中央の祭壇の前に行く。そして、おずおずと跪いた。

すると神官たちが蝋燭を灯して、アンヌの周囲をとり囲む。

「女神様、これから貴女が女神として覚醒するための儀式を始めます。途中、頭痛や悪寒など、体調に異変が生じるかもしれませんが、命に関わることはありませんのでご心配なく」

その言葉に、アンヌは床に跪いたまま、黙って頷く。ふと祭壇の端を見ると、うずたかく積まれた菓子の山が目に入った。

「このお菓子はなんですの？」

怪訝な顔をするアンヌに、バルジール大神官が説明する。

「これは、フューリーと呼ばれる『精霊の遣い』のためのものです。フューリーは一種の妖精みたいなもので、人間の食べ物が大好きなのだと伝えられております」

「まあ、そうなの？」

「ええ、つまり、そのお菓子は彼らへの贈り物ですね。フューリーたちは、女神様の手となり足となり働いてくれるので、そのご褒美みたいなものでしょうか。……ただの言い伝えかもしれませんが」

そんな会話をした後、大神官は周囲を見回し、威厳のある態度で口を開く。

「今まで何世紀も行われなかった聖なる儀式に、我々は立ち会えるのです。みなも、今日のことをよく心に留めておきなさい。では、儀式を始めよう」

大神官の合図とともに、神官と巫女たちが美しい祝詞を唱え始めた。それは古代ネメシア語で書かれているものだ。

ネメシア語は遥か昔、女神フローリアが大陸を治めていた頃に使われた言語であるが、今ではその意味を知るものはひとりもおらず、経典の中で形骸化していた。

しかしそれを唱えれば、その意味を知らずとも、呪術が効力を発揮することを、神官たちはよく心得ている。

巫女たちが読み上げる祝詞は、まるで音楽のように聞こえる。祝詞は不思議な呪術を伴いながら、次第に聖堂の中に広がり始めた。

やがてそれは聖堂の建物の外に漏れ出し、壁を乗り越え、町中に拡散していく。

儀式は滞りなく進み、まもなく後半へ差しかかろうとしていた。

経典のページが、一枚、また一枚と読み進められている。

もう、そろそろ奇跡が起きてもいいはずだ。

神官たちが奇跡を期待して、ちらちらとアンヌに視線を向ける。

しかし、そんな神官たちの思いとは裏腹に、何かが起こる気配は感じられない。

何かがおかしい。そんな不安が神官たちの胸の内で膨れ上がっていく。

そしてついに、経典の最後の一ページにたどり着いてしまった。最後の一文を、巫女は信じられない気持ちで読み上げる。

ついに儀式は終わってしまったのだ。

——結局、奇跡など何一つ起きなかった。

口を開く者は誰もおらず、そこにはただただ重苦しく、失望にまみれた静寂だけが広がった。

周囲に漂う苦々しい空気をアンヌも感じたが、それが何かわからないまま、おずおずと口を開く。

「……もう儀式は終わりですの？」

みなが青ざめた顔をして、彼女を見つめた。儀式が失敗に終わったことを教えてくれる人は誰もいない。

どうして、誰も何も言ってくれないのか。アンヌは心から怯えた。

その困惑に満ちた静寂を最初に破ったのは、バルジール大神官であった。

「何か、大きな手違いが起きたようです、女神様」

大神官は気を取り直して、みなに向かって大きな声を出す。

「みなの者、狼狽えるでない。もう少し時間が必要かもしれん。巫女たちよ、もう一度、最初から儀式をやり直してみてくれんかね」

みなが見つめる中、再び同じ儀式が繰り返された。

巫女は祝詞を唱え、神官は神を祝福する歌を歌う。

けれど何度繰り返しても、結局、奇跡など起きなかった。潔いくらい、全く何も起こらなかったのだ。

そしてその日、儀式の後に予定されていた宴は中止となった。

◇

ダグレスの大聖堂で、女神フローリアのための儀式が始まろうとしていた頃。

フロルは大聖堂の前で解散した後、騎士たちと一緒に宿屋に到着した。通されたのは、こぢんまりしているがそれほど悪くないひとり部屋だ。

フロルは早速荷物を床の上に放り出して、そそくさと白魔道師の制服から私服に着替えた。

「少し疲れたかも。今日は、長かったからな……」

フロルはひとり呟きながら、ベッドの上にどさりと腰掛ける。

ベッドの横には小さな窓があって、そこからダグレスの町が広がっている。その中に、高い塔が堂々とそびえ立っている。それが、ダグレスの大聖堂だった。

これからあそこで女神様の儀式をするのだな、と思いながら、フロルはその景色をぼんやりと眺める。

「あ、そうだ。買ってきたおやつを食べようっと」

宿への道すがら立ち寄り、お持ち帰りしたジュルニー饅頭。

出張の醍醐味は、やはり食べ歩きである。

うきうきしながら包みを開くと、お饅頭のような、ふんわりしたお菓子が姿を現す。中にはクリームがたっぷりと詰まっていて、とても美味しそうだ。

鞄の中からお気に入りのマグカップを取り出し、手際よく湯を沸かして茶を淹れる。

それからテーブルの上に、湯気を立てている茶と菓子を並べた。それを前にして、フロルはにんまりと笑う。

(さあ、いざゆかん、魅惑のスイーツ)

フォークを手に、やる気満々で菓子と向かい合った瞬間、何かの音がフロルの耳に届く。

「近くでお祭りでもやってるのかな?」

最初は、どこからか音楽が流れてきたのだと思った。しかしどうやら違うようで、その音は徐々に大きくなり、次第に鮮明になっている。

よくよく耳を澄ますと、それは音楽ではなく、何かの祈りの声のようだった。

（それも、巫女が唱えるような……）

どこから聞こえるのだろうと思い、フロルはキョロキョロと辺りを見回すけれど、部屋には何も変わった様子がない。

その時突然、フロルの体に異変が起きた。

「……寒い」

気づけば腕には鳥肌が立っているし、何かがぞわぞわと背中を這い上がってくるような感覚が気持ち悪い。

「あ、やだ……何これ？」

フロルは両手で耳を塞ぎ、その音を聞かないようにするものの、それはますます大きくなる。

それは耳から入ってきているのではなく、自分の頭の中で響いているのだと、フロルは気がついた。

フロルはテーブルの上に両肘をつき、そのまま頭を抱えた。景色がぐるぐると回り、とても気分が悪い。

「病気かな……ああ、どうしよう……」

握り締めた手のひらは、べっとりとしていて、額には玉のような汗が浮かんでいた。

——そうして、どのくらい時間が経ったのだろう。

ふと気がつくと、音はすっかりやんで、部屋の中は元通り静かになっていた。

「あれ？　なんともなくなってる。一体、なんだったんだろう」

周囲には、朝の空気のような爽やかな香りが満ちている。

（それでも……何かがおかしい）

ゆっくりと辺りを見回すと、視線の高さがさっきまでと違うことに気づく。

テーブルも家具もずっと小さく見えるし、部屋もさっきより狭くなったようだ。

違和感を拭えないまま、ふと自分の手を見ると、そこにあったのは子供の手ではなく、ほっそりとした大人の手だった。

（まさか――）

一つの考えにたどり着き、フロルは慌てて部屋の鏡の前に駆け寄る。そして、そこに映ったものを見て、愕然とした。

「ええっ？　えええっ？」

鏡の中から自分を見返していたのは、見たこともない、年頃の娘だった。歳は十代半ばから後半くらい。長くて淡い金髪が、ゆったりと顔の周りに広がっている。

（もしかして、いや、もしかしなくても……）

もう一度よくよく鏡を見てみると、どこかしら見覚えがある。

「大人になった？」

鏡の中の自分は、ちょうど実年齢とぴたりと一致する。緑色の目はそのままだし、鼻の形や、口元にも面影がある。

どういうわけか、着ていた服まで体と一緒に大きくなっていることにも気づいた。

フロルはうーんと悩みながら、うめき声を上げる。

「まさか、さっき食べたおやつに呪いが込められてたとか？　もしかして、ライル様の悪戯とか……？」

そう思ってすぐに、首を横に振った。

（いやいや、遠征にまで来て、彼がこんなに手の込んだ悪戯をするわけがない）

くわっと目を開きながら色々な原因を考えるのだが、考えれば考えるほど、わからなくなる。

（それにしても、一体、どうしてこうなった!?）

誰かに相談しようにも、頼りになるライルやグエイドは、今日は大聖堂の晩餐会に出席しているはずだ。どちらかを捕まえて、相談に乗ってもらうのは無理そうだ。

幸い、具合の悪さはすっかり消え、むしろ、とても調子がよくなっている。まるでスタミナドリンクを飲んだ後のような爽快感さえする。

（……とにかく、魔道具とかで呪われたんじゃなさそうだ）

とりあえずそういう結論に達して、ほんの少しほっとしたものの、フロルは鏡の前でもう一度途方に暮れた。

「それにしても、どうしようかな、これ」

こんな異常事態でも、意外と冷静になれるもんだと半ば自分に感心しながら、フロルは椅子に座った。

とにもかくにも、今後の対応を考えなければならない。

（明日、ライル様やグエイド様のところに行って、なんだかわからないけど、急に大人になっちゃったんです、って言うべきだろうか？）

しかしいきなり行って「私、フロルなんですよぉ」とか言っても、不審人物扱いされるのがオチだ。説明したところで、きっと誰も信じてくれないだろう。

（それとも、いっそのこと別人としてしらを切り通すとか？）

それもダメだとフロルは思う。白魔道師としての最初のミッション中に行方不明になるのは非常にまずい。

まともな解決方法を思いつけず、ひたすら悩み続ける。

そこでふと、さっきの饅頭がまだ食べかけだったことを思い出した。

「そうだ。お饅頭！」

テーブルの上に視線を向けると、お皿の上にのっていたはずの菓子が、跡形もなく、綺麗さっぱり消えている。

「あれ？　どこ行った？」

具合が悪すぎて、気づかないうちに床に落としたのだろうか？

フロルはテーブルの下を覗いて探すが、それが落ちている気配はない。

「あっれー？　おかしいな。一体どこに……」

お菓子は絶対に皿の上にあったはずなのだ。

そう思いながら、ソファーの後ろに回り込んだ瞬間、面妖(めんよう)な生き物がフロルの目に入った。

「え？　ええ？」

そこにいたのは、真っ黒な毛玉のような生き物だった。そいつが糸のような細い手で大きな菓子を握り締め、一心不乱(いっしんふらん)に食らいついている。

よほどお腹が空(す)いていたのだろうか。絨毯(じゅうたん)の上には、毛玉が食べこぼしたカスがあちこちに散らばっている。

「私のお菓子！」

毛玉はフロルに気がつくと、目を大きく見開いてびくっと飛び上がった。それは菓子を握り締めたまま、あわあわと逃げ出そうとしている。

「こら待て、毛玉！　人のお菓子を横取りして許されると思ってんのかあ」

毛玉はあたふたしながらドアへ向かう。

その途中、部屋の入り口に置いてあったフロルのお財布に気がつき、毛玉は手を伸ばしてひょいっと掴んだ。そしてそれを持ったまま、室外へ逃亡したのだ。

「あ、それは私のお財布！」

お菓子はともかく、お財布まで盗まれるわけにはいかない。

（なにがなんでも、あの毛玉を捕まえなければ！）

毛玉は猛烈(もうれつ)な勢いで走りながらも、時折、後ろをちらちらと振り返り、フロルの様子を確認している。

逃げる毛玉を猛然と追いかけて、フロルも気づけば宿屋を飛び出していた。急に成長してしまったことは、すっかり頭の中から抜け落ちていた。

そして、黒い毛玉を追いかけること、十数分。

噴水の広場がある公園の一角で、ついに追いつくことができた。

「つかまえた！」

毛玉を掴み上げると、毛玉は目を白黒させてジタバタと暴れる。

「お財布は返してもらうよ」

フロルは、毛玉が握り締めていた財布を取り返してから、地面に放してやった。

それから周囲を見回して、感嘆の溜め息をつく。

「わあ……綺麗」

ふたりが立っていたのは、丘の上の公園で、地平線の向こうまで真っ赤な夕焼け空が広がっている。そして広場には、公園の中央にある噴水を囲むように様々な屋台が出ていた。

女神フローリアの再来を祝って、市井の人々がお祭りを開催していたのだ。

色とりどりの提灯が灯され、ピンクや紫の光が広場を彩っている。綺麗な飾りつけをしたお店や花屋、美味しそうな屋台などが所狭しと並んでいた。

フロルがお財布を手にその光景に見惚れていると、ツンツンと、何かが上着の裾を引っ張った。

何かと思えば、先ほどの毛玉が自分を見上げて、指をさしているではないか。

「なに？」

その方向に視線を向けると、さっきフロルが食べ損ねたジュルニー饅頭を売っている屋台があった。

手元には財布。目の前には美味しそうな屋台。

買い直さない理由はない。

「すみません。一つくださいな」

いそいそと屋台の前に行き、フロルが注文すると、店の主は愛想よい笑みを浮かべた。

「俺の店を選ぶとは、お嬢ちゃん、お目が高いな」

店主の話を聞くと、そのお店がジュルニー饅頭の一番の老舗だという。他の店はバッタもんだからな、と笑う店主に代金を払い、饅頭を一つ受け取った。

一口菓子をかじると、それはもう極上の味がした。ふんわりとした生地は甘くしっとりしているのに、中のクリームはねっとりとコクがある。

「美味しい……」

さっき買ったものより、ずっと美味しい。もしかすると、毛玉に横取りされてよかったのかもしれない。

フロルがしみじみと感動していると、また上着の裾をツンツンと引っ張られた。

再び足元を見下ろすと、毛玉が細っこい両手を胸の前で握り締め、ウルウルと潤んだ目でこちらをじっと見つめている。

「……もしかして、お前も欲しいの？」

そう聞けば、毛玉はぷるぷると身を震わせて、ぶんぶん頷く。よほど、この饅頭を食べたいらしい。

「しょうがないなあ」

フロルが呆れて呟くと、店主が不思議そうな顔をする。

「お嬢ちゃん、誰と話してるんだい？」

「誰って、ほら、ここの下にいる……」

フロルが足元にいる毛玉を指さすと、店主は不思議な顔をする。

「誰もいないじゃないか」

どうも、この毛玉は他の人には見えないようだ。

（もしかして、この毛玉は精霊かなんかなのかな？）

そういえば、フロルの故郷にも、精霊祭のようなものがあったことを思い出した。ちらりと毛玉に視線を向けると、毛玉はわくわくと期待に満ちた眼差しで自分を見つめている。

「あ、いえ、なんでもないです。あの、もう一ついただけますか？」

どうして毛玉が自分にだけ見えるのかは謎だが、饅頭を買ってやると、毛玉は嬉しそうに受け取った。そして、ガツガツと菓子をかじっている。

その様子にはどこか愛嬌があり、なんだか憎めない雰囲気もある。何より、ふわふわした毛玉が菓子を必死に食っている姿は、ちょっと可愛らしい。

気がつけば、辺りは暗くなり始めている。そろそろ夕食時だ。

さっき食べたばかりだというのに、フロルの腹の虫は飯を食わせろとさかんに文句を言っている。急に体が大きくなったせいだろうか。なんだか酷くお腹が空くのだ。

「この姿じゃ宿屋の食堂には行けないし……」

困ったフロルは、俯きながらぽつりと呟く。

今日の宿は騎士団が貸し切っているので、食堂には騎士しかいないはずだ。そこでこの姿でご飯を食べていたら、絶対に不審者扱いされるに決まっている。

そう思うと、余計に腹の虫が、ぐーっと鳴る。何がなんでも、食べ物を調達しなくてはならない。

すると、また毛玉がツンツンとフロルをつつく。

「どうしたの？」

毛玉は、また別の屋台を指さしている。そして、それはまた細っこい手を胸の前で組み、潤んだ瞳でお願いと言わんばかりに、フロルをじっと見つめていた。

今度はあれが食べたいらしい。

「……焼き肉か」

フロルはその屋台で焼き肉の串を二本買って、一本を毛玉にやった。それを受け取って、毛玉は嬉しそうに串にかぶりつく。

異変が訪れたのは、そのすぐ後のことである。

毛玉が顔を真っ赤にして、ふんっと唸っているではないか。

食べすぎたのだろうか。それとも、毛玉に人間の食べ物をやっちゃいけなかったのだろうか。

フロルが心配して見つめていると、毛玉はぽんっと音を立ててはじけ飛んだ。

「毛玉が……分裂した……」

そこには、白と黒の毛玉がいた。分裂して、数が増えたのである。

どちらも細っこい糸のような手足に、きょろっとした大きな目をしている。二匹になった毛玉は、何故か手を取り合って、嬉しそうに踊っていた。

よく見ると、黒の毛玉は頭の上に小さな葉っぱをのせている。白の毛玉は、小さな花冠を頭にかぶっていた。毛玉がどんなに動いても、それが頭から落ちる気配は全くない。毛玉の一部なのだろうか。

そうして、二匹の毛玉は左手を腰に当て、ぴしっと右手で別の屋台を指さす。フロルがそちらを見ると、串にささった団子屋だった。今度はあれを買ってくれと言いたいらしい。

「仕方がないな」

フロルは、今度は団子を三本買って、白と黒の毛玉に一本ずつ分け与えてやる。一本は当然、自分のだ。

「ほら、落とさないようにしなきゃダメだよ？」

フロルが噴水の縁に腰掛けると、二匹の毛玉はフロルの両脇に座り、嬉しそうに団子にかぶりついた。フロルもそれを口にする。

焼きたての団子の、香ばしい香りがたまらない。毛玉が選ぶ店は、どれもすこぶる絶品だ。どうやら相当なグルメらしい。

それに、何か不思議な力でもあるのか、毛玉に手を引かれてお店に寄ると、必ず多めに入れてくれたり、おまけをくれたりするのだ。

そういうわけで、フロルは毛玉のお勧めの屋台を巡ることにした。

美食で有名なダグレスのお店の中から、グルメな毛玉がさらに厳選しているのだ。どれもすごく美味しくて、フロルは感激しながらせっせと口に運ぶ。そして、お腹がいっぱいになる頃には、すっかり毛玉と仲良くなっていた。

噴水広場の横では楽器の生演奏が始まっていて、フロルは毛玉と一緒に音楽もばっちり堪能した。

女神様を迎えるために町は綺麗に飾られ、お祭りに来ている人はみんなとても楽しそう。フロルもほんわりと幸せな気持ちになって、その様子をいつまでも眺めていた。

しばらくすると、また毛玉がフロルの手をひっぱり、別の店に連れていこうとする。

「ん？　なに？」

今度は、宝くじのお店だった。フロルは宝くじを一度も買ったことはなかったのだが、毛玉が「買え買え！」と煩かったので、とりあえず一枚だけ買うことにする。

「女神様の祝福がありますように」

売り子さんにそう言われて、フロルはとりあえず、くじをお財布の中にしまった。

お祭りは盛り上がってきており、人もかなり増えていた。もう十分に堪能したので、フロルはそろそろ帰ることにした。

宿屋に着いたら、他の人に見つからないようにそっと部屋に戻って、明日の朝にでもライルに相談しよう。フロルはそう思いつつ、帰る道すがら聖堂の前を通りかかった。

（そういえば、この聖堂の中は全然見てなかったっけ）

ダグレスの聖堂といえば、観光でも有名なところだ。

その聖堂も、今日は女神を迎えるために、一際美しく飾り立てられている。

明日は朝早くから仕事だし、午後には別の町へ移動することになっている。今を逃すと、しばらくこの町には来ないだろう。

見るなら今しかないのだけれど、今日は儀式のために、生憎内部は非公開だ。

建物だけでも見ようと思い、外からじっと眺めていると、白の毛玉がそっと聖堂の扉を開けた。

薄く開いた隙間から、中が少しだけ見える。

フロルがそっと覗いていると、突然、中側から誰かが扉を開けた。フロルは思わず前につんのめって、中へ転がり込む。

「ああ、お嬢さん、失礼した」

目の前に立っていた人物を目にして、フロルは思いっきり固まった。

（ギ、ギル様……）

なんでこんなところに彼がいるのかと一瞬焦ったが、彼は今夜の晩餐会に出席する予定だったと思い出す。フロルのほうが、ギルの仕事場にうっかり入り込んでしまったのだ。

「……君は、観光客？」

ギルが目を丸くして自分を見ている。

（どうしよう……）

自分がフロルであることを、告白したほうがいいのだろうか？　それとも他人としてシラを切り通すべきか？

そう悩んでいると、ギルが優しそうな顔でふっと笑った。

「聖堂が珍しかったのか？」

ギルが少しはにかんだような笑顔を見せたので、フロルは一層恥ずかしくなって、無言のままぶんぶんと頷く。

大人になった自分を見られるのが、何故かとっても恥ずかしいのだ。

自分のことを告白するタイミングを失い、フロルはそのまま仕方なくシラを切り通すことになった。

辺りを見回すと、祭壇は美しく飾られ、なんだか空気まで清々しい気がする。

「綺麗なところですね」

なんだか懐かしい場所に戻ってきたような気持ちになって、フロルは胸がいっぱいになる。

「リード様、そろそろ戸締まりをいたしましょうか？」

ふたりの背後から、騎士のひとりがギルに声をかける。

「ああ、いや、あと十五分待ってくれ」

ギルはそう言うと、フロルに向かってにっこりと笑った。

「もうすぐ閉館になるが、ちょうどいい。本当は一般には公開してないんだが、閉める前に見せてあげよう」

「わあ、いいんですか？」

「ああ、ついでだからな。他の人には内緒だぞ？　ほら、こちらにおいで。案内してあげよう」

ギルは悪戯っぽく笑うと、フロルの手を取って中に入れてくれた。

ギルにとって今のフロルは知らない人なのに、なんて親切なのかとフロルは感激しながら、その後について歩く。毛玉も一緒に後からついてきたが、ギルには全く見えていないようだ。聖堂の中央にまで行くと祭壇があり、大きなクッションがおいてあるのを見つけた。

ギルから、ここで女神が祈りを捧げたのだと聞かされる。

「もう少し豪華なのかと思ったら、結構、地味なんですね」

祭壇の周辺には、花ではなく、花の蕾ばかりが飾られているのだ。それを疑問に思って言うと、ギルは言葉に詰まり、渋い顔をした。

「女神が目覚めた時に、蕾が一緒に花開くと言われているんだそうだ」

今日の第一の儀式では女神が目覚めて、飾られていた蕾が花開くことになっていた。それが女神であるという証明になるのだが、何故か花は開かなかったらしい。

フロルは目の前に生けられたたくさんのユリやバラの蕾を、残念な気持ちでぼんやりと見つめていた。一気に開花したら、とても綺麗だっただろうに。

「蕾が開くまで、随分と時間がかかりそうですね。神官の人たちが間違えて手配したのかな……」

「いや、女神が目覚めると奇跡が起きて、これくらい固い蕾でも開花するはずだったと神官たちは言っていたけどね」

フロルは深く考えず、ふーんと聞き流した。

「せっかく、綺麗に飾られているのに、勿体ないですね」

フロルは、その場所がなんだかとても大切なところだったように思えて、少し悲しくなる。

(ずっとずっと遠い昔、この場所にはいつも花が溢れ返っていたのに……)

何故かそんな思いが膨らんで、フロルはそっと蕾を指でなぞる。

「全部いっぺんに咲いたら綺麗だったのに……この花は蕾のまま枯れちゃうのかな」

その瞬間、ギルが驚いた声を上げた。

「これは!?」

フロルが触れた花をきっかけに、祭壇に飾られていた花の固い蕾が膨らみ、つぎつぎと花開いていく。

「花が……花が咲いた」

ギルが信じられないと言うように、目を見開いて呟く。

ピンクと白の芍薬、女神フローリアを象徴する純白のユリ、真っ白な八重の薔薇の花。ところどころに挿されている青い小花もみるみるうちに背を伸ばし、大輪の花の間から自分を主張するかのように、誇らしげに咲いていた。

あっという間に、祭壇は溢れんばかりの咲き誇った花で埋め尽くされた。

「ええ？　なんで、どうして？」

フロルは花に添えた指を引っ込めることも忘れて、そのままの姿勢でぽかーんと口を開ける。

花々は、まるでフロルを歓迎するかのように開いている。それは、見たこともないくらいに綺麗だった。

その時、偶然通りかかった神官のひとりが、驚愕の声を上げる。

「誰か来てくれ！　花が咲いてる。奇跡だ！　奇跡が起きたぞ」

その声を聞きつけた他の神官たちも、わらわらと集まってきた。

「早くバルジール様を呼べ。花が咲いている」

ひとりの神官が別の神官を呼び、その神官が巫女を呼び……と話はどんどん広まって、聖堂に多くの人がやってきた。

「なんだか面倒なことになりそうだ」

ギルがぽつりと呟いた。バルジールが極めて面倒な人物であることを、彼は知っている。

その横では、フロルが花から指を離して、ひくひくと顔を引きつらせていた。一般人であるフロルは、聖堂に入ってはいけないのだ。

「私、もう行かなくちゃ……」

青ざめたフロルに、ギルも「そうだな」と頷く。

「他の神官たちがやってくる前に出たほうがいい」

やはり、ギル様は優しいなとフロルは思う。慌てて建物から出たところで、彼に頭を下げた。

「あの……ありがとうございました」

「ああ。見つかる前に早く行くといい」

感謝の念を込めて頷き、急ぎ足で階段を下り始めた途端、フロルは呼び止められた。

「ちょっと待って。まだ君の名前を聞いていなかったね？」

背後から響くギルの声。その時、ふたりを包み込むように大きく風が吹いた。

木々の葉がさわさわと鳴る。フロルは片手で淡い金色の髪を押さえながら、振り返ってギルを見上げた。

一瞬躊躇(ちゅうちょ)した後、フロルは本当の自分の名を告げる。

「……フローリアっていいます」

その言葉を聞いた瞬間、ギルはぎくりと動きを止めてフロルを凝視(ぎょうし)した。

「フローリア……」

ギルはフロルの名を呟(つぶや)くと、信じられないと言うような表情で、彼女の顔をじっと見つめる。

次の瞬間、誰かがギルに背後から声をかけた。

「リード隊長、バルジール大神官がお呼びです」

ギルの部下のひとりだ。奇跡が起きたので、バルジールは事情を知る者を探しているのだろう。

「わかった。すぐ行く」

ギルはフロルから目を離して、後ろにいた部下に短く言葉を返す。

その隙を見計らったように、毛玉がフロルの上着を引っ張った。

「なに？」

フロルが足元の毛玉に視線を向けた瞬間、フロルの目の前がぐらりと揺れ、景色が一瞬にして変わった。

「えっ？　……宿屋に戻ってきてる？」

気づけば、フロルは宿の自分の部屋のど真ん中に立っていた。夢かと思い、頬を抓ると、間違いなく痛い。

毛玉は、どうやら魔術を使えるようだ。タイミングはあまりいいとは言えなかったが、親切心からの行動だろうと、フロルは解釈した。

本当は、ギルにきちんとお別れを言いたかったのだが。

「まあ、お礼は言えたし、いっか」

移動してしまった以上、どうすることもできない。

もう一度聖堂に戻っても意味はないし、お腹もいっぱいだし、他にすることも特にない。

「じゃあ、もう寝ようかな……」

長旅で疲れているし、明日の朝も早い。その時、フロルは一つの問題に気がつく。

「うーん、寝間着はどうしよう……」

荷物の中にあるのは、みんな子供サイズだ。大人になった今、手持ちの服の中で、自分が着られるものは一つもない。途中のお店で何か買っておくべきだったが、すっかり忘れていた。

フロルが困っていると、毛玉がまた服の裾をツンツンと引っ張る。見ると、毛玉がフロルのパジャマを両手の上にのせて差し出している。

「あ、それは……？」

不思議に思いながらも受け取って広げてみると、それはなんと大人サイズに変わっていた。

「ええっ、どうやったら大きくできるの？」

フロルが驚いていると、毛玉たちは誇らしげに胸を張る。

「また、魔術を使ったんだね……」

それにしても、魔術は便利だ。ライルもこういうことができるんだろうか、とフロルはぼんやり考える。

フロルは毛玉たちに感謝しながら、パジャマをありがたく着させてもらうことにした。

着替え終わってふと横を見ると、毛玉たちも何故か、自分とおそろいのパジャマを着ている。

さらには赤と白のしましま模様の三角帽子をちょこんと被り、それぞれが小さな枕を抱えていた。

「ふふ、それ、すごく似合ってるよ」

可愛いね、とフロルは笑う。毛玉たちはどうやら一緒に寝る気満々なようだ。

毛玉たちは人間の目には見えないようだし、いまさら追い出すのもなんだったので、フロルは好きなようにさせることに決めた。

朝になったら、ライルに相談しようと思いながらベッドに入ると、白と黒の毛玉がフロルの両側を陣取り、川の字になった。

毛玉にお休みを言い、ちょっと撫でてやると、嬉しそうに笑う。

明かりを消すと、フロルはすぐに眠りに落ちた。

――そして翌朝、フロルがベッドの中で目覚めると、すっかり子供の姿に戻っていた。どういうわけか、着ていたパジャマも元のサイズに戻っている。

フロルはベッドに腰掛けながら、手や足をおそるおそる確認した。

「ああ、よかった……。元に戻ってる」

ほっとしながらも辺り(あた)を見回すと、毛玉たちがいないことに気がついた。

「おーい、毛玉、どこ行ったー？」

ソファーやベッドの下を探しても、毛玉はどこにもいない。

昨日のことは、もしかして夢だったのかと思った。けれど、財布の中を確認すると、屋台で買った宝くじがしっかり入っていたし、使った分の金額がちゃんと減っている。

やはり、あれは夢ではなかったのだ。毛玉はきちんと存在していた。

（……きっとまた会えるよね）

毛玉たちは、きっとどこかでひっそり暮らしているのだろう。

昨日のお祭りは楽しかったなと思い出しながら、フロルは仕事に行く準備を始めるのだった。

第四章　神殿での大騒動にうっかり巻き込まれる

大聖堂での儀式と、地方での巡礼の旅を終えて、アンヌは王宮の大神殿に戻ってきた。

真っ白な大理石の床、天蓋（てんがい）つきの寝台。見たことがないほど贅（ぜい）を尽くした部屋の中で、アンヌは苛立（いらだ）たしげに眉（まゆ）を顰（ひそ）める。

ダグレスの大聖堂では、結局、何も奇跡は起きなかった。みんなが黙り込み、まるでお葬式のような雰囲気だった。

それなのに、その後で、どこの馬の骨ともつかぬ娘がふらりと現れて、祭壇（さいだん）の花の蕾（つぼみ）に触（ふ）れ奇跡を起こしたと聞く。

そのせいで、自分がどれだけ居心地の悪い思いをしたことか。

そしてその後も、アンヌの誤算は続いた。

ダグレスから王宮へ戻る途中で、幾（いく）つかの町に立ち寄り女神の祝福を与えたのだが、どこの町に行っても、どんな儀式を行（おこな）っても、結局、奇跡など何一つ起こらなかった。

それだけならまだしも、雨乞（あまご）いをすれば、空はすっきりと晴れ渡り、長雨を止めようと祈願（きがん）すれば、土砂降りになる。

アンヌの胸の内で、じくじくした後味の悪さが疼（うず）く。

あちこちの神殿で儀式を行った時の様子が、アンヌの脳裏を繰り返しよぎる。

神官たちの、落胆しつつもそれを隠した顔。群衆に投げつけられた嘲笑や罵倒。町では、偽女神と題された記事が飛び交っているとも聞く。

当然、それは群衆や神官に限ったことではない。騎士たちだって、同じようなものだ。特に、リード騎馬隊長の哀れむような視線が胸に突き刺さる。

一番見られたくない人に、とても無様な姿ばかり見られているような気がする。その彼の横にいるるのは、あの憎たらしい小娘。白魔道師見習いのフロルだ。

宮廷魔道師長のライルには、偽女神だと嘲笑された。

イライラと落ち着かないアンヌの傍らで、ひとりの巫女が花瓶を小さなテーブルに置きながら、ちらりと自分に視線を向ける。

その女の目に浮かんでいたのは、女神といいながら奇跡ひとつ起こせないアンヌへの嘲りと、一抹の哀れみ――

その巫女は、神殿の中でも下働きに近い見習いだと思い出した。最下位に位置する者までそんな視線をよこすほど、自分は落ちぶれているのか。

怒りが突然湧き上がり、アンヌの顔が赤く染まる。

「なによ！　こんなもの」

巫女が置いたばかりの花瓶を、アンヌは思いきり手で払いのける。

「あ、女神様、何をなさいますの？」

花瓶は床に落ちて粉々に砕け、水や花が辺りに散らばった。

アンヌは慌てる巫女のことなどお構いなしに、ヒステリックに叫ぶ。

「出ていって。私をひとりにして」

そんなアンヌを横目で眺めながら、他の巫女たちも一礼して、静かに部屋を退出した。

「なによ、私を馬鹿にして」

床に落ちたユリを足でぐしゃぐしゃに踏みつけ、アンヌはひとり、花に八つ当たりをする。

この王宮の中で、いや、この国の中で、アンヌの味方は、バルジール大神官だけのような気がする。

アンヌが落ち込んでいると、バルジールは慰めるように、まだ時間が必要なのだと言ってくれる。

——女神様、貴女はまだ覚醒していないのです。覚醒さえすれば、奇跡など思いのままに起こせましょう。それまでは、どうぞご辛抱ください。

そんな大神官の言葉に、アンヌは、なりふり構わず縋りつく。

（そう。時間さえ、もう少し時間があれば、きっと奇跡を起こせる。——だって、私は女神の生まれ変わりなんだから）

権威ある王宮の大神官が、自分を女神の生まれ変わりだと断定した。彼の言うことには間違いがないはずだ。それに自分の名前は、女神と同じフローリアではないか。

アンヌは拳を握り締めながら、自分にそう言い聞かせている。すると、部屋の扉を遠慮がちにノックする音が聞こえた。侍女がひとり、扉の陰からおずおずと顔を覗かせている。

「女神様……お取り込み中、申し訳ないのですが、ミリアム殿下がお見えです」

王太子の訪れであれば、断ることはできない。アンヌが渋々頷くと、ミリアムが颯爽と入ってきた。

「殿下……」

「君は座って楽にしていてくれ。それにしても、酷い有様だな」

床には割れた花瓶の欠片や、無残にも踏みつけられた花がぐちゃぐちゃに潰れて散乱していた。

「君の怒鳴り声を聞いたよ。癇癪もほどほどにしないと、巫女たちから愛想を尽かされるよ」

ミリアムは窓を開け、新鮮な空気を部屋に取り込む。それから窓枠にもたれかかり、腕を組んでアンヌを見つめた。

「それで、事の顛末を聞いたよ。巡礼では、結局、何一つ奇跡を起こせなかったんだって？」

「大変申し訳ありません」

「それで、いつになったら奇跡を起こして、我々に君が女神だと証明してくれるんだね？」

ミリアムの言葉は、いつになく厳しい。返す言葉が見つからず、アンヌは悔しくて唇を噛む。

「いくら神官たちが君を女神だと主張しても、まともな証拠は何もないじゃないか」

「殿下、もう少し時間をくださいませ。かならずや、私が女神の生まれ変わりだと証明してみせますわ」

「国の民たちも、君が偽物だと言い始めているし、君は魔道師たちの支持を得るどころか、彼らは反感を募らせるばかりだ。私が君を擁護するのにも、限界というものがあるんだよ」

「そんな！　ダグレスの聖堂で、花は開いたではないですか」

憤(いきどお)るアンヌに、ミリアムは困り果てたように口を開く。

「ダグレスの聖堂で奇跡を起こしたのは、君ではなくフローリアと名乗る別の娘だったと、リードから報告が来ている。――もし君が間違って選ばれたとしても、誰も君を責めやしないさ」

彼は一度言葉を切ってアンヌの反論を待ったが、彼女は沈黙したままだ。溜め息を一つついて、ミリアムはアンヌの顔を見つめた。

「元はと言えば、神官たちが君を女神の生まれ変わりだと主張したことに責任がある。今回のことは神官が責められるべきで、君はただ担(かつ)ぎ出されたにすぎない。もし今、君が女神ではないと認めるのなら、このままお咎(とが)めなしで、領地に帰らせる」

ミリアムはもう一度言葉を止め、憐憫(れんびん)のこもった視線をちらりとアンヌに向けた。

「これ以上、君がなんの奇跡も起こせないまま自分が女神であると主張するのなら、私としても、それ相応の対処をしなければならなくなる。私がそう望んでいなくても、王家が守るべき体裁(ていさい)というものがあるんだよ」

帰るなら今のうちだぞ、と暗に示すミリアムを前に、アンヌは一瞬迷う。

もしかしたら、自分も被害者なのだと言ってもいいのかもしれない。

生まれてから一度も奇跡など起こしたことはない。そして、魔力もない自分が、今後何かを示すのはきっと無理だろう。

けれどそれを認めれば、領地に送り返され、冷たい両親によって望みもしない家へ嫁(とつ)がされることになる。王宮に上がるからといって、以前断った縁談が復活するかもしれない。金持ちだけれども、年老いて狡猾で汚らしい貴族の妻となるのだ。

王宮にいれば、女神になれば、そんな将来から逃れることができるはずだ。嫌な縁談を、渋々受け入れなくてもいい。

アンヌの胸に浮かんだのは、ひとりの騎士の姿だった。

銀の髪に、涼しげな青い目。すらりとした体躯を持つ勇敢な騎士、ギルバート・リード。

このまま神殿にいさえすれば、いつしか彼と——と、アンヌは夢見る。

(奇跡さえ、奇跡さえ起こせれば、王宮の神殿にいられる)

この美しく居心地のよい環境で、リードの傍にいることができるのだ。

女神として味わった様々な贅沢も捨てがたくて、アンヌの口から言葉が零れる。

「殿下、私、必ずや奇跡を起こしてみせますわ」

「では、自分は偽物ではないと?」

「ええ、もちろんですわ。私、必ずみなさまの満足のいく結果をお見せするとお約束いたします」

「そうか。わかった。では、それを待つことにしよう。けれども、奇跡を起こせなかった時は、どうなるかわかってるね?」

ミリアムに見透かされるように見つめられ、アンヌは心の底から怯えた。

もし、本当に奇跡を起こせなかったらどうしよう、と。

「では、期待しているよ。女神様」

嫌味を込めた挨拶をして立ち去るミリアムの後ろ姿を見送った後、アンヌは腰が抜けてしまい、ヘナヘナと床に座り込んだ。

奇跡を起こせる自信など、全くない。

何をどうしたらいいのかさっぱりわからなくて、アンヌはひとり、途方に暮れた。

それから数日後。

大通りの裏手にある細い路地を、長いローブを着た女が人目を避けるようにして進んでいた。彼女はフードを深くかぶり、顔が見えないように細心の注意を払っている。

そこは、怪しげな魔道具を売る店が所狭しと並んでいる、市井の魔道具街である。

女はその中の一つの店の扉を叩く。

「いらっしゃいませ」

年老いたやせぎすの男が対応した。

その女が着ているローブが上質なことに気づいて、男は愛想よく、客が何を求めているか尋ねた。

しかし女の答えを聞き、男は残念そうに首を横に振る。

「お探しのものは、当店では取り扱いがございません」

ローブに阻まれて表情が見えなくても、その客が苛ついているのはすぐにわかった。そんな魔道具は、きっとどこを探しても見つからないだろう。彼女が探しているのは、魔道具としては大変な代物だったからだ。

彼女はその店を出て、何軒かの魔道具屋を回った。

その後、女は被っていたフードを頭からはずして顔を出し、喘ぐように外の空気を吸う。

その女――アンヌは、朽ちかけた建物の裏手にある階段に腰掛け、顔を両手で覆う。

(せっかく人目を盗んで神殿から抜け出してきたというのに、めぼしいものは何一つ見つからなかった)

深い絶望に襲われ、もう立ち上がる気力もない。

「お嬢さん、探しものは見つかったかえ?」

同じ路地の隅で占いをやっている老婆から、唐突に声をかけられた。何を馴れ馴れしく、と無視しようとしたが、老婆は甘い声で彼女に言う。

「どれ、この私が占いで探してやろうじゃないか。お前さんが探しているもののありかをさ」

ひっひっと笑う老婆のもとへ、アンヌは渋々足を向ける。今は、助けてくれる者を選んでいる場合ではない。

アンヌは次の儀式で奇跡を起こせなければ、神殿から追放するとミリアムから最後通牒を突きつけられたのだ。

その後に控えている自分の未来を考えると、もう、なりふり構っていられない。

アンヌは老婆に求められるがままに、手に銅貨を握らせてやる。老婆は欠けた歯を見せてにやりと笑った。長いこと煙草を吸っているのだろうか。ところどころ欠けた歯は、茶色く変色していた。

白髪交じりの髪の間には、ノミやダニが見え隠れしている。

本音を言えば、こんな汚らしい老婆からは一刻も早く逃れたいところだが、今のアンヌが頼れるのはこの老婆しかいない。

老婆はしわくちゃな手で石ころをふり、テーブルの上に広げた。

「……お前さんが探しているのは魔道具だろう？　それも、かなり大規模な奇跡を起こすやつさ。そうじゃないかい？」

ひひっと嫌らしい笑みを浮かべる老婆は、見ていて気持ちのいいものではない。けれど占いの腕は確かなようだ。

黙ったまま深く頷くアンヌに、老婆は見透かしたようにニタリと笑った。

「……ちょうどいい魔道具が手に入ったんだけどねぇ。どうしてもって言うんなら、譲ってあげてもいい」

老婆はそう言って、テーブルの下から魔道具らしきものを取り出した。それは真鍮でできていて、蛇の紋様が刻まれている。

「これを使いさえすれば、誰でも女神のような力を見せることができる。お前さんにとっては、喉から手が出るほど欲しいもののはずじゃ」

まるでアンヌが何者であるかを知っているような言葉に、一瞬ぎくりとする。

「わ、私はそんなものを欲しいとは言ってな――」

「きちんと代金さえ払ってくれれば、他言はせぬ。金さえあればな」

その言葉を聞いてアンヌは腹をくくった。衝動的に懐から金貨を一枚取り出して、しわくちゃな手に握らせる。

「お婆さん、それ、譲って頂戴――」

縋りつくように答えるアンヌを見て、老婆はにやりと笑った。

その魔道具に彫られた蛇の紋様は魔王を象徴とするものだったが、アンヌにとっては、どうでもいいことだった。

それから数日が経った。

王宮の中央にそびえ立つ白亜の大神殿。国の威光をちりばめたような豪華絢爛な建物の中で、今まさに女神フローリアの最後の儀式が行われようとしていた。

ダグレスでの儀式に失敗したため、今日は最初の儀式をもう一度王宮の大神殿でやり直し、それから次の儀式へ移ることになっている。今日の儀式に成功すれば、アンヌは晴れて女神として正式に認められることになるという。

一抹の不安はあるものの、アンヌはさほど心配していない。あの占い師の老婆から手に入れた魔道具を、祭壇の中にこっそりとしかけておいたからだ。

あの魔道具さえ作動すれば、奇跡が起きるはずだ。

どんな奇跡が起きるのか老婆に聞いたものの、「お前さんが思いもつかないような、素晴らしい奇跡さ」としか教えてくれなかった。

その魔道具を入手した後も他に有用な魔道具を探したが、結局見つからなかった。

だからどのみち、これ以外の選択肢はない。

それを浅慮だと、アンヌは一度も考えなかった。

アンヌは子爵令嬢である。一応は貴族であり、世の中の世知辛さを全く知らない。

もし、アンヌが侯爵以上の高位貴族であれば、政敵による謀の可能性を親に叩き込まれるだろうから、怪しげな魔道具になど手をつけなかっただろう。

だが残念なことに、アンヌはそういう教育を施す必要のない下位貴族の娘。悪い意味での『箱入り娘』であった。

（今日の儀式が無事に終わったら――）

壮麗な控え室の椅子にもたれながら、目の前に広がる未来を、アンヌはうっとりと思い描く。

女神として、王宮での立場は安定する。この美しい神殿も、巫女たちにかしずかれる立場も、何一つ不便のない生活も、生涯自分のものになる。

女神としての実権は王族を遥かにしのぐものになるだろう。場合によっては、この国の王に命令を下すこともできる。

それほどの力を、自分は手に入れることになるのだ。

そして、ひとりの騎士の姿を頭に浮かべ、アンヌの胸はさらに甘く切ない感情で満たされる。

――ギルバート・リード騎馬隊長。

彼をひと目見た時から、彼に対する恋心は募るばかりだ。

きびきびと部下に命令を下す有能な騎士でありながら、ひとたび仕事が終われば、彼が見せる笑顔はことのほか優しい。

すらりとしていながらも鍛え抜かれた鋼のような肉体にも、アンヌは惹かれた。

彼と寝台をともにした朝、気怠げに乱れた髪を指ですかれ、低い声で「アンヌ」と名を呼んでもらえたら、どんなに素敵だろう。

アンヌはこれほど好きなのに、彼はいつもよそよそしい。それがもどかしくて仕方がない。

今日の儀式が成功したら、女神の特権を利用して、リードを自分の護衛に任命しよう。

いつも彼とともにいれば、いつしか、ふたりの間に愛情が芽生えるかもしれない。彼を聖剣の騎士に任命して、ずっと自分に縛りつけておくことも可能だ。

そして、とアンヌは思う。

（あの、フロルとかいう小娘。いつもリード様の傍にいて、彼を独り占めするなんて気に食わないわ）

あの目障りな小娘は、どこかへやってしまおう。

どこがいいだろうかと、アンヌはひとりほくそ笑む。

北の果ての大地がよさそうだ。一年中、凍りついている地に送り込めばいい。厳しい自然環境の中では、あんな小さな体なら一年と持たないだろう。

いい気味、とアンヌはくすりと笑う。

宮廷魔道師長が異議を唱えるだろうが、気にするものか。

もともと、神官と魔道師は犬猿の仲だ。いまさら、トラブルの種が一つや二つ増えたところで、どうということはない。

ノワール宮廷魔道師長が、いつも自分を見下しているような顔をしているのにも、腹が立つ。

自分が正式に女神になったら、彼だって自分に逆らうことなどできやしないのに。

アンヌは、腹の中で暗い笑みを浮かべる。

「さあ、女神様。もうそろそろ、お時間ですよ」

ひとりの巫女がアンヌを呼びにやってきた。

「ええ、わかったわ。ありがとう」

儀式用の衣装を身に纏って、アンヌは神殿の中央にある礼拝堂へ向かう。そっと扉の隙間から中を窺うと、数百年に一度の奇跡を見逃すまいと、王族や貴族もいる。

その背後では、騎士たちが蟻一匹通すまいと、隅々にまで厳しく目を光らせ、警護に当たっていた。

——そして、いよいよ、その時がやってきた。

隠しておいた魔道具がきちんと作動してくれることを信じ、アンヌは大きく息を吸って、一歩、また一歩と足を踏み出す。そして、礼拝堂の中、中央にある祭壇の前で、祈るために跪いた。

巫女はそれを見届け、美しい祝詞を唱え始める。

厳かな空気の中、順調に儀式は進んだ。そして、しばらく経った頃、アンヌは俯きながら、口元に歪んだ笑みを浮かべる。

そろそろ、魔道具が作動する時間だ。

（さあ、これからだ。これから奇跡が始まるのだわ）

アンヌがそう思った瞬間、ひとりの騎士が前方を指さしながら、大きな声を上げた。

「あ、あれはなんだ！」

まるで割れたガラスのように、祭壇の前方の空間にひびが入っていた。空間が割れるなど、到底あり得ることではない。

これが待ち望んだ奇跡だろうかと、騎士も神官も訝しみながら、その様子をじっと眺めていた。

そうしている間にも、ひび割れは次第に大きくなり、空間がぽろぽろと欠けていく。その割れ目の向こうには、真っ黒な空間が広がっているのが垣間見える。

そして、その隙間からどす黒い瘴気が漏れている。

騎士たちはついに、異常な事態であると判断した。素早く王族のもとに行き、耳元で囁く。

「何やら異常事態のようです。すぐに神殿からご退出願います」

騎士が王族を囲んで神殿から退出させた直後、神殿の中にいた人々は、さらに恐ろしい事態に直面することになる。

「見ろ、何か出てきたぞ！」

瘴気とともに出現したのは、黒いローブを着て、騎士の格好をしたレベナントと、漆黒の魔狼だった。レベナントとは、魔界に落ちた者のことで、亡霊とも幽鬼とも呼ばれている。

魔界の騎士たちは真っ黒なローブを深く被り、人々に陰気な視線を向ける。白骨化した手には呪われた剣を握り締めている。その足元では真っ黒な狼が涎を垂らしながら、狙いを定めていた。

「逃げろ！　みんな、早く神殿の外に逃げるんだ」

我に返ったひとりが、大きな叫び声を上げる。

その声を皮切りに、レベナントは人々へ一斉に襲いかかった。騎士たちは剣を抜き、勇ましく敵に向かっていく。

「緊急事態だ。やつらを神殿の外に決して出すな」

「何がなんでも神殿を守り抜け」

「闇の刺客だ。早く、魔道師を呼べ」

戦うたくさんの騎士の中に、ギルの姿もあった。アンヌのたっての要望で、彼も女神の警護のために待機していたのだ。

ギルはレベナントと真正面から対峙する。己の長剣をすらりと抜き放ち、敵に狙いを定めた。

今まさに、冥界から蘇った忌まわしき亡者との、戦いの火蓋が切られようとしていた。

◇

――それより半刻ほどさかのぼる。

その日、フロルは滅多に取れない休みが手に入ったので、うきうきしながら宿舎を出て、王宮の売店に向かっているところだった。

今日は、新作の菓子が入荷する日だったのを思い出したのだ。

今日のフロルは非番なので、白魔道師の制服ではなく私服を着ている。

空はからりと晴れあがり、とても気持ちがいい。

ふんふんと小気味よく鼻歌を歌いながら、フロルはてくてくと長い道を歩く。王宮はどこもかしこも広くて、かなり長い距離を歩かなくてはならない。けれども、機嫌よく長めの散歩を楽しんでいた。

そして、歩くこと数分。

フロルは見知った建物の角を曲がって、大神殿の前へ出る。その周辺には厳重な警備が敷かれ、そこかしこに騎士がいた。

大神殿の中からは、微かに巫女たちが唱える祝詞が聞こえてくる。

そのまま神殿の前を通り過ぎて、次の角を曲がろうとした時だった。突然、奇妙な感覚を覚えて、フロルは思わず足を止める。

（あれっ、なんか変な……いやいや気のせいかな……？）

神殿から漏れ出した何かが、自分の周りに纏わりついているような感じがする。

背中からぞくぞくと何かが這い上がってくるようだ。そして、巫女が唱える祝詞がフロルの頭の中で響いた。

それは、ダグレスで経験した感覚と全く同じだった。

（ということは、まさか、まさか――）

ある可能性に思い当たって、フロルは大慌てで大神殿の裏に身を隠した。

（ううう……気持ち悪い。なんだか背筋がぞわぞわする。やばいやばい。きっと、あれが来る！　どうしよう）

フロルはパニックになりながらも、生垣の後ろにしゃがみ込んで、さらに小さく背を丸めた。万が一のことがあっても、誰にも見られないようにするためである。

じっとりと冷や汗が出て、目がぐるぐると回る。前回と同じように、やはり具合が悪い。

そうして数分後。なんとかそれをやり過ごした。

フロルはほっとしながら己の手を見て、ぴきりと音を立てて固まった。

自分の手が大人のそれに変わっていたからである。何が起きたか、誰かに聞くまでもない。

（うわあ。どうしよう……やっちゃった。また大人になっちゃった）

どうしてこのタイミングで、こんなことになってしまうのか。

頭を抱えて悩んでいると、ツンツンと膝をつつくものがいた。

「あ、毛玉！」

以前大人になった時に一緒にお祭りに行った、あの毛玉たちがフロルを見上げていたのだ。

「……なんか、数が増えたね？」

以前は白と黒が一匹ずつだったはずだ。それなのに周囲を見回すと、毛玉は百匹くらいに増えていて、フロルをぐるりと取り囲んでいる。中には白と黒だけでなく、白黒のブチの毛玉もいた。

「なに？　どうしたの？」

びっくりしてそれらを見下ろすと、百匹の毛玉はフロルの足元に跪き、ひょろっとした両手を胸の前に組む。

そしてまるで女神をあがめるように、ウルウルした目でフロルを見つめながら、お祈りするようなポーズを取る。

「違うでしょ。女神様はあっちでしょ？」

フロルがそう言うと、毛玉はぶんぶんと首を横に振り、一斉に神殿の中を指さす。どうやら神殿に入りたいということらしい。

「あっちって……。ダメだよ。あっちは神殿だから、入れないよ。それに私、今緊急事態だから」

今は、毛玉に構っている場合ではない。大人になった自分を、どうにか急いで人の目から隠さなくてはならないのだ。

フロルが慌てて立ち去ろうとすると、毛玉は大きな目を白黒させて、焦ったようにフロルの上着の裾を引っ張る。

その一匹の後ろに別の毛玉が連なり、その後ろにまた毛玉が連なった。

ぎゅーっとフロルが洋服の裾を引き戻すと、毛玉も負けじと引っ張り返してくる。

「だから今は、ダメだって」

キレ気味になったフロルがふと背後を見ると、たくさんの毛玉が両手を大きく広げていた。次の瞬間、一匹の毛玉がタックルをかまして、フロルの足をすくう。

「わあ、ちょっと、ちょっと待って。転ぶって！」

バランスを崩して倒れこんだフロルを、毛玉たちは見事にキャッチして、そのまま担ぎ上げた。

そしてものすごい勢いで、神殿の裏口へ一直線に突き進んでいくではないか。

「ええっ？　ちょっと！　ちょっと待った。神殿に入るのはまずいってーー！」

慌(あわ)てるフロルをさくっと無視して、毛玉たちは神殿の中へ突入する。

フロルが連れてこられたのは、なんと礼拝堂の裏側だった。

毛玉はそこで、フロルをそっと床に下ろしてくれた。

どうしてもフロルを神殿に連れてきたかったようだが、そんなの知ったことではない。

「……もう、何すんの。私、帰るから！」

フロルはぷんぷんと怒(いか)りながら立ち上がって、チュニックについた埃(ほこり)を払うと踵(きびす)を返す。けれど違和感を覚えて、ふと立ち止まった。

あれだけ厳戒(げんかい)な警備態勢だったのに、裏口には警備がひとりもいないのだ。

（どうして、警護が誰もいないんだろう？）

そう思った瞬間、誰かの悲鳴のようなものが聞こえた。

それは確かに、礼拝堂からだった。フロルがその方向に足を向けると、毛玉たちはそそくさと道を空(あ)ける。

「この中で儀式をしてるんだっけ……」

ただならぬ気配を感じ、フロルはカーテンの陰からそっと中を窺(うかが)う。その瞬間、さっと血の気が引いた。

「……大変だ」

フロルが覗いたカーテンの向こうで、騎士たちがレベナントと剣を交わし、激しい攻防を繰り広げていたのである。

その傍らで、女神と大神官が呆然と、成す術もなく立ち尽くしているのが見える。

神官たちは、呪われた亡者を冥界に帰そうと精一杯祈りを捧げている。しかしそれは全く功を奏さず、つぎつぎにレベナントに攻撃されている。巫女たちは悲鳴を上げながら、瘴気を纏った黒い狼から逃げ惑っていた。

その黒い狼に、フロルは見覚えがあった。リルを拾った森で、自分を襲ってきたのと同じものだ。

一体、なんで、こんなことになっているのか。

その時、ひとりの巫女が女神の足元に跪き、なりふり構わず懇願している姿が目に入った。

「め、女神様、早く、あの呪われし者たちを滅してくださいませ」

アンヌは周囲の空気に押されるように、後ろに一歩、二歩と下がる。その顔には、はっきりと恐怖が浮かんでいた。

「わ、私には、こんなの無理、無理だわ！」

女神はそう叫ぶと、一目散に逃げ出した。そして彼女は、床に倒れている巫女を踏みつけながら、自分だけ神殿の外に出ようと扉を開ける。

「女神様、どうか私もお連れくださ――」

大神官も女神を追いかけて外に逃げようとしたが、途中で魔狼に遮られ、退路を絶たれてしまった。

魔狼(まろう)は涎(よだれ)を垂らしながら、爛々(らんらん)と赤く光る眼(め)で彼を狙っている。

騎士たちは、レベナントと戦うだけで手一杯だ。

「くそっ」

誰にも助けてもらえないことを知り、大神官は口の中で呪いの言葉を吐く。

そして、狼が飛びかかってきた瞬間に、ぱっと身をひるがえして、神殿の奥へ逃げていった。

「援軍はまだか!?」

「早く魔道師を呼べ」

騎士たちは口々に悲痛な叫びを漏(も)らすが、己(おのれ)の職務を放棄することなく勇猛果敢(ゆうもうかかん)に戦っていた。

レベナントに切りつけられ、またひとり、騎士が手傷を負った。

神官も慣れない武器を振りかざし、返り討(う)ちにあっている。

フロルはその中に、レベナントと戦っているギルの姿を見つけた。彼は数匹のレベナントに囲まれていた。

突然、ギルの背後から大きなレベナントが現れ、ギルに向かって剣を振り下ろすのが見えた。

瞬時にギルはそれを察し、振り返りざまに素早く剣を横に構え、敵の剣を真正面から受け止めた。

しかしその衝撃で、ギルは後方へはじき飛ばされる。床の上に倒れ込んだ瞬間、彼は苦痛で顔を顰(しか)めた。

だが、息つく間もないままに、今度は別のレベナントがギルに鎌(かま)のような武器を振り下ろした。

（ギル様、危ない！）

フロルは真っ青になって心の中で叫ぶ。

ギルは反射的に横に避ける。すると敵の大鎌は大理石の床を粉砕した。その隙をついてギルは立ち上がり、剣を振り上げ、力任せにレベナントをなぎ倒した。

レベナントは、どうっと大きな音を立てて床の上に倒れ込んだ。しかし、普通の剣では十分な致命傷を与えることはできないようで、まだレベナントは動いている。

しかも、敵は空間の割れ目からどんどん這い出てくる。

騎士たちが劣勢なのは一目瞭然だった。ギルを始め騎士たちの体力がどんどん底をついていくのが、フロルにもはっきりとわかる。

魔力のある敵との戦いは、本来は魔道師の仕事である。

こういう場合には魔道師が前線に出るのだが、今日はライルたちが所用で城の外に出ていることをフロルは知っている。

魔道師が戻ってくるのは、もう少し先になるだろう。

フロルの前で、また別の騎士が敵の剣を背に受け、冷たい床の上に崩れ落ちた。その騎士とフロルは顔見知りであった。

もう見ていられなくなって、フロルは矢も盾もたまらなくなった。

なんとかしなくちゃ。

そう思った瞬間、フロルの魔力が溢れ出したのがわかった。

フロルは意を決して、礼拝堂の中に入り込む。

最初に目指した先は礼拝堂の壁際付近。大きな柱が立っていて、そこにはまだレベナントが少なく、比較的安全そうに見えた。

その場所を目がけて駆けると、そこには魔狼に噛みつかれて負傷した巫女が倒れていた。

巫女の肩は魔狼の牙に切り裂かれて出血しており、その傷はどす黒く変色していた。

フロルは一目で、その傷には体だけでなくやがては魂をも蝕む、とても厄介な呪いが含まれていると直感的に知る。

「大丈夫？」

そう声をかけると、巫女は顔を上げた。じっと動かない巫女に、フロルは続けて口を開く。

「ほら、怪我を見せて」

「あの、貴女様は？」

「いいから！」

魔狼に噛まれてから随分と時間が経っているようだ。呪いが彼女の体を巡りきってしまう前に手当てをしようと、フロルは傷に手をかざす。

その時、ギルがフロルの存在に気がついた。

「あれは、フローリア!?」

ダグレスの大聖堂で、突然姿を消してしまった彼女がいるのだ。

ギルは血相を変えて、レベナントと剣を交えながら大声で叫ぶ。

「フローリア！　危ないから、外に出てろ！」

フロルはギルにちらりと視線を向けるが、落ち着いた様子で白魔術を発動させた。白く淡い光が、巫女（みこ）の傷を瞬（またた）く間に癒（いや）していく。

それと同時に、不思議なことが起きた。

白魔術を発動させているフロルの周辺を漂（ただよ）っていた瘴気（しょうき）が消え、レベナントが大きく退けられたのだ。

人間はくぐり抜けているので、禍々（まがまが）しいもののみを弾き出しているようだ。

（白魔術は、結界代わりに使えるんだ……）

フロルが周囲を見回すと、負傷した人々は敵に見つからないように、椅子や柱の陰に身を隠していた。

「みんなこっちに来て！」

フロルは、怪我（けが）をした神官や巫女（みこ）を一ヶ所に集め、その周囲にさらに強力な白魔術を発動させて、敵の手から護（まも）る。

その時、フロルは変な視線を感じた。周囲を見回して、びっくりして固まる。

「……えっと……どうして？」

何故かレベナントが動きをぴたりと止めて、フロルを食い入るように見つめているのだ。騎士と対峙（たいじ）しているものも、武器を持ったまま顔だけをこちらに向けている。

戦いの真っ最中だというのに、神殿の中が妙に静まり返る。

騎士たちも剣を構えたまま、間の抜けた顔をしている。

そりゃそうだ。戦っていた相手が、突然、よそ見をしたのだから。しかも、ガン見である。

（なんで、神殿中の魔物から注目されなきゃいかんのか）

フロルの背に、つーっと変な汗が流れた。

（……気まずい。できれば、私の存在をさくっと無視してくれまいか）

そんなフロルの願いも虚しく、一瞬の沈黙の後、神殿中のレベナントが、一斉にフロルに突撃してきた。

「やっ、やだっ。こっちに来ないで!!」

フロルはひぃっと喉の奥で恐怖の叫び声を上げる。

白魔術の結界内には負傷した人が大勢いる。そういうわけで、フロルはそこから逃げるに逃げられず、涙目で両手を突き出して、ひたすら結界を強化するしかない。

「結界を護れ！」

心強いことに、多くの騎士たちがそう叫びながら、レベナントに攻撃をしかけてくれる。

（わあ、騎士様、早く！　助けてー）

結界が壊れる前に、なんとか決着をつけて欲しい。そう願うフロルだったが、騎士たちの隙をついて、ひとりのレベナントが結界のすぐ傍にやってきた。

「わあ！」

突然目の前にレベナントが現れ、フロルは大きな悲鳴を上げる。その時、ローブに覆われたレベナントの中身をうっかり見てしまった。

フードから垣間見た顔は、まるで骸骨のようで、全く肉がない。眼孔がぽっかりと空いていた。

亡者たちは目のないそこで自分をじっと見つめているのだ。

骸骨みたいな騎士が宙に浮かんで結界を壊そうとする姿は、死ぬほど恐ろしい。

「後ろに気をつけろ！」

騎士の叫び声で振り向くと、一際大きなレベナントが、フロルの結界めがけて大きな鎌を振り下ろしていた。先ほど、ギルを攻撃していたやつだ。

幾ら結界を張っていても、目の前で大鎌を振り下ろされるのは怖い。

それはフロルの結界に、ばきりと音を立てて食い込んだ。

強固な結界に小さな穴が開く。そこを狙って攻撃をしかけようと、レベナントは再び武器を振り上げ、力一杯振り下ろしてきた。

もうダメかと観念した時、ギルがフロルに向かって全速力で走ってきた。

「危ない、フローリア！」

神殿の椅子を踏み台に、ギルは大きく宙を飛ぶ。その軌道の先に結界の前のレベナントを捉えて、真上から剣を振り下ろした。落下の勢いを使って、レベナントに深く剣をつきたてたのだ。

呪いで防御していたとはいえ、かなりの痛手を負ったらしい。レベナントはよろめきながら離れていった。距離をおいて、回復を待つ気なのだろう。

「怪我はないか？」

ギルがフロルに駆け寄り、声をかける。

「はい。大丈夫です」

その時、フロルはギルの向こうで、何かがちらりと動いたのに気づいた。

それは毛玉だった。

そういえば、毛玉と一緒に神殿に来たのだった。一体、どこにいるのかと周囲を捜すと、梁の上や柱の陰に隠れてブルブルと震えている。フロルと一緒に神殿に入ってきてしまったのだろう。

（間抜けすぎる……）

フロルが呆れていると、祭壇の端にある見慣れないものの後ろからも、一匹の黒い毛玉がそっとこちらの様子を窺っている。

（あれは、なんだろう？）

その毛玉が盾にしているものは、魔道具のようだった。真鍮でできていて、なんだか禍々しい気を放っている。

そして、それには蛇の紋様が彫られている。

蛇は魔王の象徴だと、アルブスから聞いていた。

そんなものが神殿内にあるわけがない。聖なる神殿に魔王にかかわるものを持ち込むなど、決して許されない。神官が気づいていたら、すぐに撤去しただろう。

ふと、フロルは閃いた。あれが冥界と神殿をつなぐ架け橋になっているのでは、と。

この事態の元凶であろう魔道具の後ろで、その毛玉は身を隠しながらプルプルと震えているのである。

(それにしてもあの毛玉、なんでわざわざ、あそこに隠れるかなあ)

フロルは呆れて眺めつつ、その魔道具を壊せばいいと思いついた。しかし、フロルは今、レベリントに囲まれて身動きが取れない。

どうしたらいいか、フロルが考えを巡らせていると、太い梁の上にいる白い毛玉が、フロルに何かを伝えようとしているのが見えた。

(なに?)

その毛玉が指さした先は、柱のある一点だった。そこには古代ネメシア語で何かが書かれている。フロルは古代ネメシア語など知らず、わかるわけがないのに、何故かその時だけは、すんなりと読むことができた。

それは祈りの文言だった。しかし、それは単なる祈りの言葉だけではなかった。

(ああ、そうか。そうなのか)

その意味を瞬時に理解し、フロルの胸の中に希望が芽生えた。勝算はある。

「あの祭壇の、花瓶の陰にあるものが見えますか?」

フロルは、指で魔道具の位置をギルに示す。

「ああ、見える。あれは、魔道具のように見えるが? もしかして、あれが魔物を呼び出しているのか?」

「はい。きっとあれを壊せば、魔物の出現を止められると思うんですけど」

それを聞いたギルは自信ありげに頷いて、近くにいた部下を呼び寄せる。

「俺がなんとかあそこまで行って魔道具を壊す。ダリル、ジェイク、俺を援護しろ」

けれど魔道具まではかなりの距離があり、その間にはレベナントがうようよしている。あそこまでたどり着くのはかなり大変そうだ。

「そうだ。ちょっと待って」

いいアイデアが閃いたので、フロルはギルを引き留める。そして、魔道具の後ろに隠れていた黒い毛玉に向かって大声で叫んだ。

「ねえ、毛玉。その魔道具、こっちに投げてくれない？」

魔道具の後ろに隠れていた毛玉は、目を大きく見開いて、びくっと跳び上がった。

せっかく隠れているのに、声をかけられるとは思ってもいなかったのだろう。

それはあたふたともう一度魔道具の後ろに隠れたが、時すでに遅し。レベナントにばっちり見られてしまった。

魔物はフロルの意図を理解したのだろう。宙に浮いて、一斉に毛玉へ向かっていく。

「いいから早く、その魔道具を投げて！」

毛玉はおろおろと慌てながらも、フロルに言われた通り、ふんぬと魔道具を前に押し出す。

魔道具は音を立てながら祭壇の上から転がり落ち、ギルとの距離を縮める。

（やった、来たー！）

それを見届けてから、フロルは古代ネメシア語が書かれた柱に再び視線を向ける。そして、天井に人差し指を突き出しながら、そこに書いてあった文字を大声で読み上げる。

「大地の風、空の光。全ての悪を消し去るために、我に力を貸し給え！」

フロルがそう言った瞬間、光と風の精霊が忽然と現れた。それは、聖なる力を纏い、この戦いに加勢した。騎士の剣は加護を付与され、淡い光を発している。

「剣が……剣が光っている。まさか、これが精霊の力なのか……」

それは、暗いレベナントとは正反対に、明るく美しい光だった。

風の精霊は神殿内に風を巻き上げ、瘴気を浄化する。瞬く間に、神殿の空気を清々しく変えた。

瘴気が薄まり、その場が浄化されると、レベナントはたちまち苦しみ始めた。聖なる光や風は、闇の生き物にとって拷問に等しいらしい。

ギルは指揮官らしく、全員に力強く命じた。

「全員、反撃に出ろ。女神が我らの剣に、精霊の加護を付与してくれたぞ」

騎士たちは口々に女神を称えながら、レベナントに切り込んでいった。精霊によって加護が付与された剣は、瞬く間に敵を滅していく。

その様子を見た神官たちは、感動にうち震える。すぐさま膝をつき、フロルに向かって手を合わせた。

「女神フローリア様がついに現れたのだ。我らの苦戦を見かねて、救済のために現れてくださったのです」

「ついに、長らく待ち焦がれていた奇跡が起きた。女神様がついに、その尊いお姿を現してくださった」

その間も、ギルは魔道具を取り囲むレベナントを勇ましく切っていく。光の精霊の加護を受けた剣を前に、魔物は成す術もない。騎士たちは、ひとり、またひとりと魔物を着実に仕留めていく。

ギルはついに祭壇近くに到達し、即座に魔道具を掴み取る。そして、大きく腕を振り上げ、それを床に叩きつけた。

鈍い金属音とともに、魔道具は壊れた。ギルはそれでは不十分だと判断したのか、すかさず光の加護が付与された剣を、それに向かって振り下ろす。

ギルの剣が垂直に貫いた瞬間、きしむような音を立て、魔道具は粉々に砕け散った。

「やった」

「リード様が魔道具を壊したぞ」

騎士たちが、わっと大きな歓声を上げた瞬間。

グォオオオ……

大きな竜巻のような何かが神殿中央に現れた。それは空中で渦を巻き、ありとあらゆるものを吸い込んでいく。その周囲にいたレベナントも、断末魔の叫びを上げながら吸い込まれていく。魔道具が壊れたせいで、冥界への入り口が閉ざされようとしているのだ。

経典や蝋燭も宙を舞い、渦の中で押しつぶされて、粉砕されていく。神殿の大きな椅子も渦に飛び込み、その中で粉々に砕けながら、向こう側へ消えた。

「全員、伏せろ！　吸い込まれるな」

誰かが叫ぶ声が聞こえる。

神殿にいた人間は咄嗟に床に伏せ、じっと耐える。

その数分後――

渦は突然ぴたりと止まった。静かな神殿の中で、人々は伏せたまま身じろぎ一つしないでいた。

天井からぶら下がっている明かりが、ぷらぷらと揺れる音だけが耳に入る。やがてそれはぶちりと切れて、床の上に落ちると、乾いた音を立て砕け散った。

◇

ギルは頭や背中にのっていた瓦礫を払いのけ、立ち上がって辺りを見回す。神殿の内部は、酷い有様になっていた。

家具は壊れて木片と化しているし、ステンドグラスも華麗な装飾も、花瓶も全て粉々に砕けて、床の上にむごたらしく散乱していた。騎士たちも全身、塵と埃まみれになっていた。

「やはり、あの魔道具が全ての元凶だったのか」

そう呟きながら、ギルは魔道具があった場所へ足を向ける。あんなものを仕掛けたのは一体誰なのか、その証拠を探すためだ。

その時、扉が大きく開き、魔道師と武装した騎士団が神殿の中へなだれ込んできた。

「大丈夫か？　魔道師に応戦要請が出たと聞いたけど？」

そう聞くライルの後ろでは、上級魔道師が完全武装をして戦う気満々でいる。援軍としてきた騎士団長は不思議そうな顔をして呟く。

「……どう見ても、戦いは終わっているようだが？」

瓦礫だらけになっている神殿の中を見回して、ライルがぴくりと片眉を上げる。

「ああ、こりゃ、派手にやらかしたねぇ。でも、魔道師なしで、どう決着をつけたんだい？」

「ああ、それについては、彼女に……」

ギルは、フローリアに詳しく説明してもらわなければと振り返るが、そこにいたはずの彼女の姿が見当たらない。

「フローリア、どこだ？　どこにいる」

ギルは青ざめて、大きな声でフローリアを捜す。ギルの部下も、彼女はたった今まで近くにいたはずだと言った。

まだ誰も神殿の外に出ていなかったはずだ。

大勢の人間に、ギルは手助けを求める。

「フローリアという娘を捜してくれ。たった今まで、ここにいた。年は、十七から十九くらい。淡い金髪の娘だ。彼女が女神の生まれ変わりのはずだ」

「とにかく、女神様を捜しましょう。リード様」

「わたくしたちにも、女神様を捜させてくださいませ」

神官も巫女も血相を変えて、フローリアの行方を本気で案じていた。

ボロボロになった神殿の中で、騎士、神殿関係者、そして魔道師と、ありとあらゆる人間がフローリアを血眼(ちまなこ)になって捜索した。

——隠れていたバルジール大神官が神殿の奥からそっと顔を出し、何食わぬ顔で加わったことには、誰も気がつかなかった。

◇

「もう、いきなり連れ出すなんて！」

神殿から少し離れた路地にて。

フロルは目尻を吊り上げながら、腰に手を当てて毛玉の前で仁王立(におうだ)ちになっている。

毛玉がどさくさにまぎれて、フロルを連れてまた瞬間移動したのだ。

もう勝手なことをしないようにと、フロルは毛玉に、ぶつぶつと説教を垂(た)れていた。

「大体ね、そもそも人を荷物みたいに運ぶなんて、失礼でしょ」

そう言った次の瞬間、また変な感覚がフロルを襲う。

「あ？」

それは、ほんの一瞬の出来事だった。視点が急に低くなったのだ。

もしかして……と、その理由にすぐに思い当たる。

「体が、元に戻ってる……」

自分の手や足を眺めると、確かに子供サイズに戻っている。そして突然、毛玉たちも蜃気楼のようにふっと姿を消した。

「毛玉が……消えた？」

フロルは呆然として立ちすくんだが、すぐに我に返る。

神殿の中には、負傷した人が大勢いるはずだ。そのほとんどが、レベナントの剣や魔狼の牙によって、厄介な呪いを受けていた。

早く呪いを解いてやらなくてはと、慌てて神殿の中に駆け込むと、騎士や魔道師、神官たちが血相を変えて何かを捜していた。

「おい、子猿。どこかで若い娘を見なかったか？」

そこに現れたのは、フロルの天敵とも言えるバルジール大神官だ。

(げ！　大神官だ)

「いえー。別に見ませんでしたよ？」

自分だと言うと面倒くさそうだったので、フロルはしらばっくれた。

もし本当のことを言ったら、神殿の備品を壊したとか、後でねちねちと難癖つけられるに決まってる。

そんなフロルを見て、バルジールは、頬をぴくぴくさせる。

「何故獣遣いが、儂の許可なく神殿に入ってきているのだ？」

フロルは見て見ぬふりを決め込んだ。この人がキレていない時はないいんじゃないかと、フロルは思う。

そこに、ライルたち魔道師が、わらわらと駆け寄ってきた。

「フロル、どうしてここにいるんだ」

「あ～、なんかあったのかなって思って」

咄嗟に何も知らないフリをする。

「グエイド様たちはどこに？」

白魔道師なら呪いを受けた者を癒せるはずだ。

ライルがここにいるなら、他の白魔道師だっているのでは、とフロルが捜すと、ライルは溜め息混じりに口を開く。

「私たちは対魔術戦の要請を受けて飛んで帰ってきたんだけど、王宮から随分、遠いところにいてね。グエイドや他の白魔道師も、戻ってくるまでもうしばらくかかるはずだ。こんなに性質の悪い呪いにかかった人がいると知っていたら、彼らも連れてきたんだけど」

今日は女神の儀式であるから、魔道師たちはこんな攻撃があると予想していなかったのだという。

ライルや他の魔道師に治癒の力はないから、怪我をした上に呪いを受けた人を治すことはできないと、ライルは悔しげに言った。

そんな魔道師に、また余計な火種を投下する人物がいた。大神官だ。

「この一大事に白魔道師を連れてこないなど、魔道師長、大きな手落ちですな」

こんな時にまで難癖をつけるの？　とフロルが呆れた目を向けていると、ライルがふふっと笑う。

「何がおかしいのですか？　宮廷魔道師長殿」

こめかみに青筋を立てて憤る大神官の前で、ライルはフロルに視線を向ける。

「ここにひとり、白魔道師がいるじゃないか」

大神官は、嫌そうにじろりとフロルを眺めた。

「子猿の助けなどいらんわ」

そんな大神官に、ライルはあっさりと言う。

「大神官、負傷している人間は、怪我だけでなく呪いも受けている。フロルに治療をさせないのなら、神官たちも全員手遅れになるけど、それでもいいんだね？」

それを聞いたバルジールはぐっと言葉に詰まって、悔しそうな顔をした。

「……お前以外に治療できる者がいないのなら、早く始めんか」

八つ当たり気味に、大神官はフロルに告げる。その言い方にはむっとしたが、早く治療を始めたほうがいい。

「わかりました。では、早速、仕事に取りかかります」

フロルはピシリと敬礼し、すぐに負傷者のもとへ向かう。

（よし。じゃあ、いっちょお仕事しますか！）

フロルは気を取り直して袖をまくり上げながら、傷を負った騎士の前にしゃがみ込む。

「怪我を見せてもらっていいですか？」

「ああ、頼む。すまんな。フロル」

「じゃあ、治療しますからね！」

そうして怪我の部分に手をかざし、白魔術を発動させる。

体のサイズは元に戻っているが、魔力の質も量も、普段より何倍も強い。それに、フロルを散々悩ませていた魔力コントロールの調子も上々で、気持ちがいいくらい思い通りに魔力を操れる。

治療を施してもらおうと、呪いを受けたたくさんの騎士や神殿関係者が、フロルの前に列を作って並んでいた。

「よし、完了！　じゃあ、次の人」

瓦礫が散らばった神殿の中で、フロルはひとり、またひとりと順調に呪いを解き、怪我を治していく。

それからもう二度と、フロルは神官たちから『獣遣い』と呼ばれることはなかった。

エピローグ

大神殿での騒動から数日が経った。被害が大きかった大神殿では、まだ修復作業が続いていると聞く。

そんなある日のこと、フロルはいつものように、ライルの執務室で仕事の打ち合わせをしていた。

その時、トントンと、扉を控えめにノックする音が聞こえる。

「入りたまえ」

ライルが許可を与えると、扉の隙間からギルが顔を覗かせる。

「ふたりとも、少しいいか？」

「ああ、もちろんさ。ギル、入りたまえ」

ライルがどうぞと手招きすると、ギルは椅子にどかりと腰掛ける。そして、すぐに話し始めた。

「あの神殿の一件で、騎士団の調査結果を踏まえて色々と決定があった。公の発表はまだ少し先になるが、早く知りたいだろうと思ってな。騎士団の内々ではもう情報が回っているんだ」

「ああ、もちろん知りたいさ。そろそろ偽女神の処分が決まる頃だと思っていたんだ。それで、結局どうなったんだい」

先を促すライルに、ギルは深く頷いてから口を開く。

「結論から言えば、レルマ子爵令嬢は侍女の職を解かれて、正式な沙汰があるまで、故郷で軟禁されることになった。バルジール大神官は、偽女神を担ぎ上げた責任を追及されて、僻地への左遷が決まった」

「そうか。まあ、寛大な処分ってところだね。実は最近、城の従者たちから、バルジールの暴行による被害届が何十枚も出されていることが判明してね」

元から神官が嫌いなライルが、ふふっと楽しそうに笑って付け加える。

「元老院がその辺をもっと追及する気になったらしい。従者への暴行の数は、きっと被害届の何倍にもなるだろうな。バルジールはもう一生、王宮へ戻ってこれないかもしれないね」

「それで、あの魔道具の出所は判明したのか？」

今度はギルがライルに尋ねる。神殿で大騒ぎを引き起こした魔道具の調査は、魔道師が担当していたからだ。

「ああ、こちらでも色々調査をしたんだが、結局あれを入手したのが誰だったか、まだわからないでいる。なんだか、迷宮入りになりそうな予感がするね」

「犯人は、レルマ子爵令嬢じゃなかったのか？」

「私も、魔道具を仕掛けた犯人はレルマ子爵令嬢だと思って、魔術で自白を促してみたんだが、彼女の記憶の一部がすっかり消されてしまっていてね」

ライルは悔しそうな顔をして続ける。

「少しでも記憶があればもう少し追及できたのに、そもそも記憶がないから、どうしようもないんだ」

「まあ、騎士団のほうでも引き続き調査をする予定だから、そっちから何か証拠が上がるかもしれん」

そう言うギルに、ライルは真顔を向けた。

「それで、あの魔道具のことだけど、神殿に残された魔力を精査した結果、かなり性質の悪いものだったと判明したよ。いろいろなものが渦に巻き込まれて異次元に消えたとなると、あれは元々冥界とか、魔界の魔道具だったのかも知れない」

「そんなものが本当にあるのか？」

「ああ、一応はあると言われている。詳細は、謎に包まれているんだけどね。でも、そんな魔道具があったのなら、私も直に見てみたかったな」

肩を落とすライルに、ギルは頷く。

「まあ、あれが魔界の魔道具だと言われても、あながち嘘ではないと思えるな。俺もレベナントと剣を合わせたのは、初めてだったから」

「そんなものと戦って無傷だったのは本当に幸運だったと思うよ。もし魔道具が壊れなかったら、君でもただでは済まなかっただろうね」

「じゃあ、魔道具が壊されてよかったんですね」

ライルの言葉にフロルが安心したように言うと、彼はそうだと頷いた後、思い出したように口を開く。

「それはそうと、そのフローリアって娘は見つかったのかい？　あの魔道具の呪いを抑えて、レベナントを退けたんだろう？」

それは、ライル級の特別な魔力を持つ人間しかできないことらしい。ライルの問いに、ギルは渋い顔で答えた。

「ああ、その後、騎士団総出で王宮の中をしらみつぶしに捜したのだが、まだ見つからない。今も調査は続いているが、彼女の消息を示す手がかりは何一つ残っていないんだ」

そう言い落胆した様子のギルの横で、フロルが気まずそうに視線をさまよわせていた。

王宮中をひっくり返す大騒ぎになってしまった今、「自分がフローリアでした」と、言い出せるわけがない。あの後は大人にならなかったし、毛玉もあれ以来、ずっと姿を消したままだ。

フロルは小さくなって、バレないようにとひたすら願う。そんな彼女に、ライルが明るい口調で切り出した。

「それで、だ。フロル」

「はい」

「君にいい知らせがある。今日付けで、白魔道師見習いから、正式な白魔道師に昇進することが決定したよ」

「え？　まだ見習い期間はだいぶ残ってたと思うんですけど……」

きょとんとするフロルに、ライルは理由を説明してくれる。

「あの神殿の騒ぎの後、フロルがたくさんの人の治療をしたろ？」

「はい」

「魔道師団の調査の結果、あのレベナントの呪いを解くのは、上級魔道師でも難しかったと判明したんだ。それを、見習いだったフロルがよくひとりで全部こなしたものだと、みんな感心してね。見習い期間はもう必要ないという結論に至ったんだ」

ライルは言葉を一旦切って、フロルを見つめた。

「おめでとう、フロル。今日から君は、白魔道師に昇格だ」

「ほんとですか？」

「ああ。来月から銀四枚から銀五枚へ昇給だ」

「わあ！」

嬉しそうに目を輝かせるフロルに、ギルも目を細めて祝福する。

「よかったな。フロル」

「はい。ありがとうございます、ギル様」

ニコニコ顔のフロルは、ふふっと笑いを漏らしながらふたりを見る。

「実はですね、私のほうからも報告することがあるんです」

「なんだい？　フロル、やけに嬉しそうじゃないか」

ライルは不思議そうに首を傾げる。

フロルはポケットから一枚の紙切れを取り出し、ふたりに自慢げに見せびらかした。

「じゃじゃーん。実は、ダグレスに行った時にこれを買ったんですけど」

「……これは？　ダグレスの宝くじじゃないのか？」

ギルは遠征であちこちに行っているので、それが何かすぐに気づいたようだ。

フロルは得意げに満面の笑みを浮かべた。

「そうなんです。実は、くじに当たりました！」

ダグレスの町にいた時、毛玉がくじをしつこく買えと言わなかったら、買っていなかったはず。

もう、毛玉に感謝感謝である。

身銭を切って、毛玉にご馳走してやったのは無駄ではなかったのだ！

「それで、幾ら当たったんだい？」

ライルが肘掛けに片肘をつきながら聞く。彼の濃紺の瞳には興味深げな色が浮かんでいた。

「実は、銀八十枚当たりました」

「へえ。すごいじゃないか。で、それを何に使うんだい？」

ライルがからかうように言うと、フロルは嬉しそうに笑った。

「もちろん、弟の治療費に使うに決まってるじゃないですか」

王宮に上がったのは、そもそも弟のウィルの治療費を捻出するためだ。

「よかったな、フロル。それだけあれば、弟の治療をすぐにでも始められるだろう」

ギルは、フロルがお給料をコツコツと貯めていたのを知っている。ライルも彼女を手助けしようと提案した。

「では、私の知り合いの王宮医に、弟さんを早く診てもらえるように話しておこう。ついでにグエイドの治療も受けられるように手配してやる。きっと早く回復するはずだ」

　グエイドは上級魔道師の一番の実力者なので、治療の腕は確かだ。王宮医だけでなく、白魔道師にも治療してもらえるなんて、なんて幸運なのか。

「ありがとうございます、ライル様」

「なんだ。昇進できた時より、嬉しそうじゃないか」

　ギルが冷やかすように言うと、フロルは花が咲いたような笑みを浮かべる。

「はい。私、嬉しくって」

　きちんとした医者に診せれば、必ず弟は治ると聞いた。

　ウィルの声が聞こえるようになるのだから、こんなに嬉しいことはない。

「リルと一緒に騎士団に突っ込んできた時には、どうなることかと思っていたけどねぇ」

　ライルが感慨深げに言うと、ギルもそうだなと深く頷いた。

「フロル、すぐに王宮医の予約を取りに行きたまえ。私の紹介だと言えば、すぐに診てくれるはずだ」

「ありがとうございます、ライル様！」

「よし。じゃあ、俺がそこまで連れていってやる。王宮の治療院への行き方は、まだ知らないだろ？」

「わあ。お願いします、ギル様」

　フロルは目を輝かせ、ギルに続いて部屋を出ていった。

魔道師塔の外に出ると、その向こうで竜たちが群れで飛んでいるのが見える。その中には、小さなリルの姿も交じっていた。

「ああ、飛竜訓練か。リルも上手く飛んでるな」

竜たちの少し先には、小さな魔法球が飛んでいた。竜たちは、それを追っかけながら、訓練をしているのだろう。

群れの中で、リルは少し遅れながら楽しそうにパタパタと羽を動かしている。すると、空を飛びながらもリルはフロルの姿を目ざとく見つけて、嬉しそうに鳴いた。

「きゅう！」

リルは隊列を離れて、一目散にフロルめがけて突っ込んできた。遠くから竜騎士がこちらを眺めている。

「おっと。リル、危ないな」

フロルに当たらないようにギルが上手くリルをキャッチしてやると、リルはきらきらした目でふたりを見た。

フロルは、ギルからリルを受け取る。リルは小さな口を薄くあけて、はあはあと息をする。溌剌とした、とてもいい顔だ。

飛竜訓練がことの外楽しいらしい。

そして、幸せそうに、フロルの腕の中で目を細めてにっこりと笑っていた。

「楽しそうだね？　リル」

フロルがそう尋ねると、リルはその通りだと言いたげに、「きゅうぅぅ」と鳴く。

色々あったけれど、フロルもリルもなんだかんだ楽しく過ごしている。王宮に来たのは間違いではなかったと、フロルはしみじみ思う。

「ほら、まだ訓練が終わってないでしょ？　早く行っておいで」

フロルに促(うなが)されて、リルは再び楽しそうに飛んでいく。そんなリルを、竜の仲間たちが空の上で待っていた。

「リルも随分(ずいぶん)と大きくなったなあ」

ギルが感慨深げに呟(つぶや)く。

フロルも過去を思い返し、胸の中を様々な気持ちが駆け抜ける。

ただの宿屋の娘だった自分がうっかりリルを拾って、王宮に上がって、そして今は白魔道師になれた。王宮の白魔道師といえば、誰もが尊敬し、一目置く存在だ。これを村の人たちが聞いたら、きっと仰天して目をむくだろう。それに、弟のウィルの治療費が貯(た)まったと知ったら、両親はすごく喜ぶに違いない。

そんな未来を思い描いて、フロルはくすりと笑う。

「幸せか？　フロル」

「ええ、もちろんです。ギル様」

彼の問いにフロルは大きく頷く。

弟のウィルは、きっと近いうちに話せるようになる。生まれてから一度も声を発したことのない

弟が、「お姉ちゃん」と呼んでくれる日がもうすぐ来るのだ。

これからはずっといいことが続きそうな気がする。

フロルはギルと一緒に、竜の群れへ帰っていくリルの後ろ姿を、幸せな気持ちでいつまでも眺めていた。

シリーズ累計
50万部
突破!!
RC
Regina
COMICS
詐騎士
1~7
SAGISHI
Presented by Kaitoko
Comic by Natsumi Asa
大好評
発売中!!
原作 かいとーこ
漫画 麻菜摘
アルファポリスWebサイトにて
好評連載中!
新感覚ファンタジー
待望のコミカライズ!!
ある王国の新人騎士の中に、一人風変わりな少年がいた。傀儡術という特殊な魔術で自らの身体を操り、女の子と間違えられがちな友人を常にフォローしている。しかし実は、その少年こそが女の子だった！　性別も、年齢も、身分も、余命すらも詐称。飄々と空を飛び、仲間たちを振り回す——。そんな詐騎士ルゼの偽りだらけの騎士生活！
詐騎士
7
かいとーこ
麻菜摘
ずっと捜し求めていた
天使のため
地下の帝国へ!
50万部
B6判 / 各定価:本体680円+税
アルファポリス 漫画
検索

この作品に対する皆様のご意見・ご感想をお待ちしております。

おハガキ・お手紙は以下の宛先にお送りください。

【宛先】

〒150-6008 東京都渋谷区恵比寿 4-20-3 恵比寿ｶﾞｰﾃﾞﾝﾌﾟﾚｲｽﾀﾜｰ 8F
（株）アルファポリス　書籍感想係

メールフォームでのご意見・ご感想は右のＱＲコードから、
あるいは以下のワードで検索をかけてください。

アルファポリス　書籍の感想

ご感想はこちらから

本書は、Webサイト「アルファポリス」(https://www.alphapolis.co.jp/) に掲載されていたものを、改稿のうえ書籍化したものです。

野良竜(のらりゅう)を拾(ひろ)ったら、女神(めがみ)として覚醒(かくせい)しそうになりました(涙

中村まり（なかむら まり）

2020年 2月 5日初版発行
2020年 2月25日２刷発行

編集－中山楓子・宮田可南子
編集協力－河原風花
編集長－太田鉄平
発行者－梶本雄介
発行所－株式会社アルファポリス
〒150-6008 東京都渋谷区恵比寿4-20-3 恵比寿ｶﾞｰﾃﾞﾝﾌﾟﾚｲｽﾀﾜｰ8F
TEL 03-6277-1601（営業） 03-6277-1602（編集）
URL https://www.alphapolis.co.jp/
発売元－株式会社星雲社（共同出版社・流通責任出版社）
〒112-0005 東京都文京区水道1-3-30
TEL 03-3868-3275
装丁・本文イラスト－にもし
装丁デザイン－AFTERGLOW
（レーベルフォーマットデザイン－ansyyqdesign）
印刷－中央精版印刷株式会社

価格はカバーに表示されてあります。

落丁乱丁の場合はアルファポリスまでご連絡ください。

送料は小社負担でお取り替えします。


ISBN978-4-434-27075-8 C0093